Un rêve argentin

Chère lectrice,

Pour fêter le retour de l'automne, cette belle et douce saison à l'émouvant parfum de nostalgie et aux couleurs envoûtantes — mais aussi pour oublier que les vacances viennent de se terminer ! —, j'ai le plaisir de vous proposer ce mois-ci la suite d'une série que vous avez beaucoup aimée en 2011, « La saga des Orsini », de Sandra Marton.

Après avoir fait la connaissance des quatre frères — Falco, Dante, Rafaele et Nicolo — de cette fascinante famille sicilo-américaine, vous allez maintenant découvrir l'histoire de leurs sœurs, Anna et Izzy, deux jeunes femmes à la personnalité entière et passionnée. Avec ces romans de Sandra Marton, et à travers le parcours tumultueux de la fratrie Orsini, c'est la Sicile ancestrale qui s'invite au XXIe siècle. Et cette Sicile, qui mieux que le patriarche Cesare pourrait l'incarner ? En dépit de son passé sulfureux, cet homme étonnant va de nouveau nous prouver qu'on peut être un hors-la-loi et aimer les belles histoires d'amour…

Profitez pleinement de ce beau roman intense, en attendant le dernier de la série, le mois prochain.

Excellente lecture !

La responsable de collection

KATE WALKER

Un rêve argentin

collection Azur

éditions HARLEQUIN

Collection : Azur

Cet ouvrage a été publié en langue anglaise
sous le titre :
THE DEVIL AND MISS JONES

Traduction française de
PAUL CARVALHO

HARLEQUIN®
est une marque déposée par le Groupe Harlequin
Azur® est une marque déposée par Harlequin S.A.

83-85, boulevard Vincent-Auriol, 75646 PARIS CEDEX 13.
Service Lectrices — Tél. : 01 45 82 47 47
www.harlequin.fr
ISBN 978-2-2802-4424-4 — ISSN 0993-4448

1.

— Mais qu'est-ce que… ?

Carlos Ortega n'en croyait pas ses yeux. Il devait sûrement être en train de rêver, car ce qu'il apercevait sur la route, à quelques mètres à peine devant lui, défiait l'imagination.

Relâchant l'accélérateur, il adopta une allure plus appropriée à la petite route de campagne qu'il avait jusque-là parcourue à une vitesse imprudente, emporté par la turbulence de ses émotions.

La veille, dans la bourgade paisible où il avait passé la nuit, il avait entendu des histoires rocambolesques à propos de fantômes et d'apparitions. Il avait prêté une oreille amusée à toutes ces superstitions, accoudé aux vieilles poutres noircies de l'auberge où il avait pris une chambre pour la nuit. Il devient bien admettre que les habitants ne s'étaient nullement fait prier de le mettre au fait, avec moult détails, des légendes locales.

Selon eux, la route qu'il empruntait à présent était hantée par l'esprit d'une jeune femme morte de chagrin, bien des années auparavant, après avoir été délaissée devant l'autel le jour de son mariage. Depuis, on racontait qu'elle parcourait la lande à la recherche de son fiancé.

Esquissant un sourire, Carlos secoua la tête, comme

il l'avait fait au bar en écoutant ces hommes lui raconter cette fable, comme pour le remercier des quelques verres qu'il leur avait offerts.

Quittant sa chambre silencieuse, il s'était mêlé aux clients de l'auberge attardés au bar.

Pour la première fois depuis des années, il avait ressenti le besoin d'un peu de compagnie. Il avait pourtant l'habitude de mener une existence solitaire et, après tout, il avait entrepris ce voyage pour se retrouver seul avec lui-même. Fuyant la confusion qui régnait dans sa vie, il s'était éloigné le plus loin possible de chez lui.

Chez lui…

La pensée soudaine qu'il n'avait désormais plus d'endroit au monde qu'il pût qualifier de chez-soi l'ébranla profondément.

Oh ! il possédait des propriétés bien sûr — la plupart situées dans les endroits les plus cotés de la planète. Des maisons dans lesquelles il aurait habité avec plaisir. Mais aucune où il avait ses racines, aucune qui suscitait en lui un sentiment d'appartenance, aucune où sa famille…

— Ah ! *La famille !* s'écria-t-il avec un rire amer.

De quelle famille voulait-il parler ? La sienne n'existait plus pour lui. Tout ce qu'il avait cru posséder avec certitude lui avait été enlevé d'un seul coup.

Le seul parent qui lui restait était sa mère, une femme infidèle qui avait menti et triché toute sa vie. La femme qui avait fait de lui un bâtard et qui l'avait rejeté après sa naissance.

Il ne pouvait même plus dire qui il était réellement. Sa vie entière n'était que fiction. Son passé et ses ancêtres s'étaient transformés en un mensonge commode dans le court laps de temps qu'il avait fallu à son grand-père pour lui avouer la cruelle vérité. Une vérité qui l'avait dépouillé de tout ce qu'il avait toujours chéri et dont il avait eu la naïveté de se considérer comme l'héritier.

Les histoires que se plaisaient à raconter les clients de l'auberge attardés au bar lui avaient donc semblé un bon moyen de chasser temporairement le sentiment de vacuité qui l'avait saisi dans sa chambre.

Mais dans le petit matin blême de cette froide journée d'avril, il ne considérait plus avec la même légèreté ces histoires de spectres et de revenants.

Et pourtant…

Le brouillard épais qui recouvrait les champs et s'amoncelait sur les bords de la route se trouait par instants, dévoilant sur le bas-côté une silhouette fantomatique.

Il avait beau cligner des paupières et redoubler d'attention, la vision demeurait.

Elle réapparaissait invariablement.

Une femme grande, pâle, aux formes généreuses et, autant qu'il pût en juger dans ce brouillard capricieux, aux cheveux d'un blond ardent.

Un voile diaphane — blanc comme la robe qui lui arrivait aux chevilles — couvrait son visage. Ses bras et ses épaules nus laissaient apercevoir une peau d'une blancheur presque comparable à celle du bustier qui galbait sa poitrine.

Une *mariée* ?

Tout comme dans la légende dont le récit avait rempli une partie de la soirée passée au bar. Mais lui n'avait pas affaire à un fantôme : cette mariée-là avait le pouce levé à la manière des autostoppeurs, et un sac à main bleu électrique pendait à son bras.

Il ralentit son allure et arrêta sa moto sur le bas-côté,

quelques mètres à peine après l'endroit où se trouvait la femme.

— Ah, Dieu soit loué !

En entendant cette voix douce aux légères inflexions rauques, Carlos sentit un frisson le parcourir. Un frisson qui n'avait rien à voir avec les superstitions qui lui étaient revenues à l'esprit quelques minutes auparavant.

Un frisson irrépressible, manifestation on ne peut plus terrestre d'une indéniable excitation. Lorsqu'elle le rejoignit d'un pas rapide, le bruissement de ses jupes de soie ne lui évoqua pas le vol silencieux d'un esprit mais une vision des plus érotiques.

Qu'est-ce que cette femme pouvait bien faire ici, à errer sur une route déserte ?

— Enfin ! s'exclama Martha, soulagée.

Enfin, elle n'était plus seule. Enfin, elle n'était plus livrée à elle-même dans ce lieu isolé. Quelqu'un — un homme, à en juger par ses larges épaules — venait d'apparaître sur cette route restée trop longtemps déserte. Un homme qui pourrait lui venir en aide et la conduire dans un endroit chaud avant qu'elle finisse par geler littéralement sur place.

Elle devait bien admettre que l'hypothermie la guettait, puisque la marche provoquait maintenant d'atroces picotements dans ses pieds. Des pieds qu'elle s'étonnait de pouvoir encore bouger…

Les occasions ne lui avaient pas manqué de maudire cet élan romantique qui l'avait poussée à choisir ce lieu reculé pour y célébrer son mariage. Certes, des considérations pratiques avaient influencé son choix.

Ainsi, cette grande et majestueuse demeure, située à des kilomètres de tout, lui avait semblé suffisamment discrète pour ne pas attirer l'attention des paparazzis ou de quiconque aurait pu la reconnaître. Haskell Hall lui avait paru l'endroit idéal, le lieu de ses rêves pour un mariage. Celui où elle aurait pu vivre cette journée unique dans la plus grande intimité. Depuis qu'elle avait gagné une fortune à la loterie et fait la une de tous les journaux nationaux, elle avait mesuré à quel point l'intimité lui était précieuse. En cet instant cependant, transpercée par le froid mordant qui bleuissait ses lèvres et la secouait d'un irrépressible frisson, ce prix lui semblait trop élevé.

Elle avait visité le manoir au cours d'une de ces matinées lumineuses où le soleil semble se perdre dans l'immensité bleue du ciel. Ce jour-là, la campagne n'avait pas revêtu l'épais manteau de brouillard qui l'enveloppait aujourd'hui et la température, qui affichait dix degrés de plus, ne laissait rien présager du froid mordant qui lui glaçait à présent le sang.

La route, quant à elle, ne lui avait pas paru aussi longue lorsqu'elle avait imaginé le tour en calèche qui aurait dû les emporter, elle et son futur époux, vers la lune de miel qu'elle espérait faire durer toute une vie. Mais dans la sécurité et le confort d'une puissante berline de luxe, vêtue d'un jean et d'un pull en cachemire douillet, les choses s'étaient présentées à elle sous un autre jour. En cet instant, elle aurait vendu son âme pour un jean et un pull qui auraient atténué le froid qui la glaçait jusqu'aux os depuis une demi-heure interminable.

La pluie avait fini par détremper ses ballerines en satin, trop fines pour protéger ses pieds de la surface caillouteuse et accidentée de la route. Ses cheveux mouillés et défaits n'évoquaient plus rien de l'ouvrage élaboré que la coiffeuse avait réalisé une heure à peine auparavant. Son maquillage avait coulé sur son visage.

Mais supporter les intempéries n'était rien en comparaison de ce que son cœur venait d'endurer.

Elle avait laissé derrière elle l'homme qu'elle avait souhaité épouser. A cette heure-ci, il devait se hâter d'effacer les preuves de la passion méprisable à laquelle il venait juste de céder. Une passion qu'il n'avait jamais éprouvée pour elle, excepté dans ses mensonges.

— S'il vous plaît, arrêtez-vous…

Elle ne pouvait pas courir plus vite vers ce bienfaiteur inattendu, à moins de piétiner sa robe.

Deux voitures étaient déjà passées près d'elle à vive allure sans s'arrêter. Peut-être ne l'avait-on pas aperçue sur le bas-côté. A moins que la vision d'une femme sortie de nulle part dans une robe de mariée maculée de boue soit trop inhabituelle pour susciter autre chose qu'un réflexe de fuite chez les automobilistes.

Alors elle avait continué de marcher, avec l'impression que ses pieds se changeaient en blocs de glace tandis que ses mains bleuissaient de manière inquiétante.

Cette journée devait marquer pour elle le commencement d'une vie de conte de fées. Encore eût-il fallu que Gavin, son prince, ne se transforme pas subitement en odieux crapaud.

D'une certaine façon, elle avait évité le pire. Si elle s'était encore crue amoureuse, son cœur aurait pu être brisé pour de bon. Mais elle avait déjà interrogé ses sentiments, et son instinct ne semblait pas l'avoir trompée.

Néanmoins, les paroles cruelles qu'elle avait surprises avaient anéanti le peu de confiance qu'elle avait encore en elle et en sa féminité.

S'arrachant à ces pensées, Martha accéléra le pas en direction de la moto, craignant que son sauveur se ravise et décide soudain de mettre la plus grande distance possible entre eux.

— S'il vous plaît, s'il vous plaît, restez…

— Je ne m'en irai pas, rassurez-vous, répondit l'homme d'une voix assourdie par le casque qu'il portait.

Elle se sentit réconfortée par cette voix. Une voix qui résonna étrangement à ses oreilles, peut-être à cause du vent ou de son cœur qui cognait dans sa poitrine, terrifiée qu'elle était à l'idée d'être abandonnée de nouveau à son triste sort.

Mais, transie de froid, elle était bien incapable de réfléchir.

Il avait coupé le moteur et mettait pied à terre, passant sa longue jambe par-dessus son deux-roues. Debout face à elle, il paraissait si grand…

— Je vous promets que je ne m'en irai pas, répéta-t-il.

— Dieu merci ! réussit-elle à articuler en claquant des dents. Je…

— Que diable vous est-il arrivé ?

Prise de court, Martha sursauta. Qu'allait-elle dire à cet homme ? Pouvait-elle se confier à lui ?

Quelque chose d'autre que le froid semblait l'empêcher de penser. Dès l'instant où elle s'était approchée de lui, le soulagement qu'elle avait tout d'abord ressenti avait laissé place à une certaine appréhension, qui se mêlait à la perception incongrue qu'elle avait affaire à un homme.

Lorsqu'il avait relevé la visière de son casque, elle avait entrevu les traits virils et l'expression énergique de son visage. Et ce visage aperçu avait suffi à accélérer les battements de son cœur.

— Non… attendez !

Elle s'immobilisa, obéissant à cet ordre qui ne semblait souffrir la moindre contestation. Il retirait déjà le lourd blouson de cuir qu'il portait sur un jean usé et des bottes de cuir noires.

— Tenez, dit-il en se rapprochant.

Il l'enveloppa dans son blouson comme il aurait pu le faire avec une cape, prenant soin de bien couvrir ses bras et ses épaules dénudés.

— Vous êtes gelée.

— C'est… c'est le moins qu'on puisse dire, articula-t-elle avec difficulté.

Elle avait les lèvres si engourdies qu'elle ne les sentait plus. Secouée par une nouvelle vague de frissons, elle se blottit avec gratitude dans le blouson dont elle ramena les pans contre sa poitrine. Il répandait encore une délicieuse chaleur et était imprégné des notes acidulées de son parfum, auxquelles se mêlait une légère odeur musquée. Une autre chaleur, inattendue celle-là, comme une réponse physique à cette odeur, la gagna bientôt.

— Mer… merci.

Elle ignorait comment les mots étaient sortis de sa bouche. L'élan sensuel qu'elle venait d'éprouver envers ce parfait inconnu, aussi incongru que malvenu étant donné les circonstances, lui permit de recouvrer quelque peu ses esprits.

Elle avait éprouvé un tel soulagement à croiser enfin quelqu'un sur cette route isolée qu'elle avait agi sans réfléchir. Pourtant, pour sa sécurité, elle se devait de le faire… et vite.

Elle ne savait rien de cet homme. Ni son nom, ni les raisons pour lesquelles il s'était arrêté. Elle se trouvait seule avec lui au milieu de nulle part. Sans défense. Elle n'aurait pas même pu courir s'il l'avait fallu, avec cette robe de mariée qui lui descendait jusqu'aux chevilles…

Elle l'avait trouvée si élégante la première fois qu'elle l'avait essayée. Plus tard, quand, une fois les retouches apportées, elle s'était regardée dans le miroir de la chambre qu'elle occupait au manoir — ô miracle des miracles —, elle s'était même sentie belle. Mais ce monstre de Gavin avait foulé aux pieds ce si fragile sentiment.

La cruauté de son fiancé l'avait précipitée hors de la bâtisse dans un besoin désespéré de fuir. De fuir le plus loin possible de ce mariage qui ressemblait de plus en plus à l'idée qu'elle se faisait de l'enfer. Et, maintenant, peut-être de fuir cet homme, cet étranger…

Avait-il réellement l'intention de l'aider ?

Soudain, l'impression de chaleur et de bien-être qui l'avait submergée lorsqu'elle l'avait aperçu reflua, laissant de nouveau affleurer la blessure qui la meurtrissait. Elle avait envie de serrer avec force le blouson contre son corps, comme pour se protéger. Se protéger de l'intensité de la blessure qui lui avait été infligée. Mais elle éprouvait aussi l'envie de jeter le blouson le plus loin possible, sentant confusément qu'en acceptant ce vêtement, elle s'exposait à de nouveaux dangers.

Incapable de démêler ses pensées ni de maîtriser ses émotions, elle recula de quelques pas et glissa sur une botte d'herbes.

Elle cria de douleur en se tordant la cheville.

— Attention !

D'une main ferme, l'homme la retint dans sa chute. Il l'aida à se relever et secoua la tête.

— Non… vous n'avez rien à craindre.

Martha fut de nouveau intriguée par l'accent du motard. Elle l'avait encore perçu, ce je-ne-sais-quoi d'étranger et d'exotique dans sa voix.

Cette fois, elle avait la certitude que ses oreilles ne l'avaient pas trompée et qu'une inflexion particulière, différente du grasseyement caractéristique de la région, avait attiré son attention.

— Je n'ai pas l'intention de vous faire du mal, je vous le promets. Regardez…

De sa main libre, il retira son casque et secoua la tête, déployant sa longue chevelure de jais.

Le vent qui soufflait avec force ramena ses cheveux sur son visage lorsqu'il se tourna de nouveau vers elle. D'un geste élégant, il repoussa les mèches qui lui tombaient dans les yeux.

Et quels yeux ! Elle ne savait pas exactement à quoi elle s'était attendue. Sous son casque de motard, elle avait à peine entraperçu ses traits. Mais à son teint olivâtre, si éloigné de la blancheur crayeuse des peaux anglaises en cette fin d'hiver, et à l'accent qu'elle avait perçu dans sa voix, elle avait imaginé des yeux sombres. Des yeux marron ou d'un noir intense.

Or, les yeux rivés aux siens étaient d'un vert profond, dont l'éclat ressortait sous la barrière de ses longs cils noirs. Son visage aux traits énergiques, ses pommettes saillantes et légèrement obliques dégageaient une force virile, à l'indéniable pouvoir d'attraction.

Mais avec sa haute stature et sa carrure athlétique, il évoquait aussi le danger, et cette impression était renforcée par ses longs cils, qui, dissimulant la beauté de ses splendides yeux verts derrière leur herse noire, semblaient suggérer quelque secret insondable et inquiétant.

Qui était donc cet homme surgi de nulle part pour la sauver, un chevalier dans son armure scintillante ou le diable en personne ?

Son accent ne le rattachait pas à cette partie de

l'Angleterre. Quant à sa peau olivâtre et ses cheveux de jais, ils le désignaient comme un étranger.

Cet homme, séduisant et dangereux à la fois, était comme un jaguar rôdant dans la brume…

Cette seule pensée lui coupa le souffle.

— Vous pouvez me croire, je ne vous veux aucun mal, répéta-t-il en accentuant chacun de ses mots.

Bouleversée par des émotions contraires, Martha hésita. Dans un sens, ses propos la rassuraient.

Mais la façon dont il détachait les mots pour mieux se faire comprendre, l'intonation déroutante qu'elle percevait dans sa voix et qui lui paraissait si étrangère, produisaient en elle l'effet inverse.

— Et comment savoir si vous dites la vérité ?

Il soupira, repoussant une mèche que le vent avait rabattue sur son visage. Ses lèvres pleines et sensuelles esquissaient un sourire qui pouvait exprimer un certain amusement aussi bien que de l'indulgence.

Troublée, Martha sentit un frisson la parcourir. Un frisson que n'expliquait pas seulement la honte suscitée en elle par l'attitude magnanime de cet inconnu.

Pas plus, d'ailleurs, que l'épuisement physique et moral dans lequel elle devait bien admettre qu'elle se trouvait. Non… Il s'agissait avant tout de la réaction de son corps de femme en présence d'un homme terriblement attirant.

Pourtant, elle n'avait pas pour habitude de réagir ainsi à l'instinct, de sentir son corps répondre de façon si immédiate à la séduction virile d'un homme. Personne n'avait jamais suscité un tel effet sur elle… pas même Gavin.

C'était d'ailleurs l'une des raisons qui l'avaient amenée à prendre conscience des illusions qu'elle avait nourries à propos de son mariage.

— Je vous donne ma parole.

— Mais comment pourrais-je m'y fier ?

Une fois en alerte, son instinct de conservation avait pris le dessus. A maintes reprises déjà, elle avait pu observer à quel point le comportement des gens avait changé depuis que sa vie avait été bouleversée par sa soudaine renommée.

En outre, depuis la scène sordide qu'elle avait surprise au manoir, elle savait désormais qu'elle devait se méfier des autres.

Les images ne cessaient de lui revenir : Gavin et Cindy, ensemble, dans ce qui aurait dû être sa chambre nuptiale.

En temps normal, elle aurait essayé de peser les choses raisonnablement et avec prudence, comme elle l'avait toujours fait.

Or, en cet instant, elle souhaitait surtout rompre avec ce fonctionnement et se laisser aller. Elle n'avait pas la moindre envie de se montrer raisonnable.

Elle s'était toujours efforcée d'agir avec précaution et discernement, de suivre sa maudite raison. Et où cela l'avait-il menée ?

Dans une lande déserte, vêtue d'une robe de mariée qui ne signifiait plus rien pour elle, à l'instar de cet avenir auquel elle avait cru.

— Pourquoi me fierais-je à la parole d'un inconnu ? Je ne sais rien de vous.

Une expression de défi passa dans les yeux de l'homme.

— J'espère que vous avez bien conscience que je suis certainement votre seule chance de salut.

Son regard balaya froidement la route déserte et les collines désolées alentour.

— Parce que je n'ai pas l'impression qu'on se batte pour vous venir en aide.

— Quelqu'un finira bien par venir, rétorqua-t-elle en regrettant aussitôt ses paroles.

Avait-elle perdu la raison ? Elle était en train de scier la branche sur laquelle elle était assise.

L'homme lui jeta un regard perplexe.

— Très bien, conclut-il d'un ton cassant. Vous n'avez qu'à en faire à votre guise.

Aussitôt, il tourna les talons et se dirigea vers sa moto.

Piquée, elle ne chercha pas à le rattraper. Certes, elle risquait de voir disparaître sa seule chance de s'en sortir. Mais même si sa raison lui criait que c'était de la folie, elle n'allait certainement pas laisser cet homme avoir le dernier mot !

De toute façon, il ne pouvait pas l'abandonner ici…

Pourtant, tout dans son attitude indiquait qu'il menaçait de la prendre au mot. Il s'éloignait à grandes enjambées, sans se retourner. Ses longs cheveux noirs agités par le vent contrastaient avec le T-shirt blanc qui révélait admirablement sa puissante musculature.

Rien de tout cela ne serait arrivé si elle n'avait pas oublié son téléphone portable au manoir… Elle ne savait que faire. Pourtant, elle ne pouvait pas errer ainsi dans la lande, seule, sous la pluie, à des kilomètres de la ville la plus proche.

Si cet homme avait eu de mauvaises intentions, il ne serait pas parti ainsi.

— Attendez… fit-elle d'une petite voix que le vent couvrit aussitôt.

Il avait à peine parcouru quelques mètres qu'elle se sentait déjà affreusement seule. Le cuir de sa veste semblait avoir perdu un peu de sa force de protection contre le vent et le froid. Elle venait de passer une heure terrible, probablement la plus horrible de sa vie, et après ce bref contact avec l'un de ses semblables, la solitude lui paraissait insoutenable. Elle se sentait à bout de forces.

— Attendez ! cria-t-elle d'une voix plus forte.

Son cœur bondit en voyant l'homme ralentir le pas, puis s'arrêter. Il ne s'était pas retourné, mais du moins, ne s'éloignait-il plus.

— Quelle heure est-il ?

Carlos se retourna et la dévisagea, les sourcils froncés. Il s'attendait à tout sauf à cette question. Il jeta tout de même un coup d'œil à sa montre avant de lever de nouveau les yeux vers elle.

— Presque 2 heures. Est-ce si important ? demanda-t-il sèchement.

Pendant un instant, elle fut incapable de respirer. Qu'aurait-elle fait en cet instant si la journée s'était déroulée comme prévu ?

— Plus maintenant…

Une nouvelle vie aurait dû commencer pour elle. Une vie de bonheur.

Comme elle avait fait fausse route, songea-t-elle.

Quand elle avait pris conscience de son erreur, elle avait cherché Gavin pour lui faire part de sa décision de ne pas l'épouser.

En entrant dans ce qui aurait dû être leur chambre nuptiale, elle avait été comme foudroyée. Elle pouvait encore entendre les paroles de Gavin, sa voix rendue rauque par la passion.

« Le jeu en vaut vraiment la chandelle. Je n'ai qu'à consommer ce mariage ridicule et lui prendre sa chère virginité pour toucher le pactole. La moitié des sept millions qu'elle a gagnés me reviendra après le divorce. Non, vraiment, il me suffira de m'étendre à côté d'elle et de penser à tout cet argent. Ça me stimulera certainement, car inutile de te dire que je ne compte vraiment pas sur elle pour le faire. Elle est si grosse ! J'aurais l'impression de coucher avec un cheval… »

Son fiancé était tellement absorbé par son plaisir qu'il n'avait pas entendu la porte s'ouvrir. En cet instant, savourant déjà son triomphe, il ne devait donc pas encore se douter que le mariage n'aurait pas lieu, et s'il était près de 2 heures, la cérémonie allait bientôt commencer. Sans elle.

Elle devait s'éloigner au plus vite des environs du manoir où on avait déjà dû se lancer à sa recherche.

— Voulez-vous bien m'aider ? Pouvons-nous quitter cet endroit… là-dessus ? demanda-t-elle en désignant d'un geste incertain la moto aux lignes sportives.

— Je suppose que vous voulez que je vous conduise à votre mariage ?

— Oh ! non !

Le simple fait d'y penser la rendait malade.

— Pas question ! C'est la dernière chose que je souhaite ! Je… je ne veux plus rien avoir affaire avec mon mariage, déclara-t-elle avec amertume. Je me suis rendu compte que j'avais failli commettre la pire erreur de ma vie, alors… je suis partie le plus vite possible. J'ai tout laissé derrière moi. Et je veux que les choses restent ainsi… aussi loin de moi que possible.

S'armant de courage, Martha se prépara à la prochaine question.

Inévitablement, il allait demander ce qu'elle avait laissé derrière elle et pour quelle raison. Or, elle ne se sentait pas vraiment prête à y répondre…

— *¿ Eso es la verdad ?*

— Quelle langue parlez-vous ? s'enquit-elle. Etes-vous… espagnol ?

Elle remarqua un subtil changement d'humeur chez son mystérieux interlocuteur dont les yeux s'assombrirent soudain.

Intriguée, elle voulut en savoir davantage. Davantage sur cet inconnu surgi de nulle part, sur ce voyageur solitaire, qui semblait très loin de chez lui. Pour une raison obscure, cet homme éveillait sa curiosité.

— Argentin, plus précisément.

— Et qu'est-ce qui vous amène par ici ? renchérit-elle, avec le vague sentiment de franchir une limite défendue.

— Les courses de chevaux et le vin, répondit-il avec froideur.

Interloquée, Martha dévisagea son sauveur. Quel genre d'homme pouvait s'intéresser aux chevaux et au vin ? Un parieur ? Un éleveur ? Un…

Elle hésitait sur la façon de formuler les questions qu'elle brûlait de lui poser. Mais elle se ravisa bien vite. L'expression glaciale de son interlocuteur découragea en elle toute velléité de conversation.

— Vous… vous êtes bien loin de chez vous.

— J'en suis très loin en effet, admit-il d'une voix sombre qui suggérait qu'il ne considérait pas son éloignement que sur le plan physique.

— Vous êtes en vacances ?

Il secoua la tête, battant l'air de ses longs cheveux humides.

— Il semblerait vraiment que nous soyons dans la même situation, observa-t-il avec une sorte d'ironie et de désolation dans la voix.

— Comment cela ?

Il la fixa avec intensité, puis se tourna vers sa moto.

— Nous avons tous deux laissé derrière nous tout ce que nous avions.

2.

« Nous sommes dans la même situation ? »

Surprise, Martha fut incapable d'articuler la moindre réponse. Elle parvenait à peine à mettre de l'ordre dans ses pensées.

La réalité de sa situation la saisit soudain, lui coupant le souffle.

Oui, elle avait bien tout abandonné derrière elle. Elle s'était enfuie, le jour de son mariage.

Elle n'avait pas eu d'autre choix.

Mais lui ? Lui aurait tout quitté ? Lui serait parti sans se retourner, abandonnant tout ce qu'il possédait ?

Confusément, elle sentait que cela ne collait pas avec lui.

Même avec ses cheveux ruisselants et son T-shirt détrempé, il ne lui faisait certainement pas l'effet d'un homme désespéré.

Au contraire.

« Fort », « déterminé », « sûr de lui » étaient des qualificatifs qui lui convenaient bien mieux.

— Je n'y crois pas !

— Pourquoi ? répliqua-t-il d'un ton sec.

Une lueur sombre passa dans son regard.

Saisie par la dureté de sa voix, Martha recula. Elle

ignorait tout de cet homme. Elle devait rester sur ses gardes.

— Mais n'avez-vous pas un travail… une maison… ou même simplement une famille sur laquelle vous reposer ?

— Je n'ai plus de maison ni de famille en Argentine désormais.

Elle se mordit la lèvre. Tout cela ne la regardait pas, et elle ne voulait surtout pas se montrer insensible.

— Je suis désolée, je ne voulais pas… commença-t-elle.

Il haussa les épaules et lui adressa un sourire poli.

— Peut-être avons-nous plus de choses en commun que vous ne le pensez. Nous avons laissé notre passé derrière nous, et nous essayons d'aller de l'avant.

— C'est ce que vous faites ?

Elle ne parvenait pas à l'imaginer fuyant quoi que ce soit. Mais lorsqu'elle plongeait son regard dans le sien, elle y décelait un éclat qu'elle connaissait bien.

Ce matin, quand elle avait compris qu'elle commettait une terrible erreur en épousant Gavin, son reflet dans le miroir lui avait renvoyé le même éclat, la même lueur de sombre détermination, l'expression de ceux qui savent que leur vie ne sera plus jamais comme avant.

— Vous avez tout laissé derrière vous ?

Il eut un petit rire désabusé.

— Regardez autour de vous ! s'exclama-t-il en embrassant d'un geste la route détrempée et la moto. Je n'ai plus rien d'autre au monde que ce que vous voyez en cet instant.

— Rien d'autre ?!

Il hocha la tête.

— Rien d'autre, répéta-t-il. Quelques vêtements

de rechange en plus de ceux que je porte sur moi. C'est tout.

— Mais vous… Pourquoi… ? bredouilla-t-elle.

— Je pourrais vous retourner la question, répondit-il d'une voix plus douce. Mais à quoi bon ? Nous sommes des étrangers l'un pour l'autre, deux navires qui se croisent dans la nuit. Alors, au diable les questions. Laissons les pourquoi de côté, voulez-vous ?

— Si je dois partir avec vous, je souhaiterais au moins connaître votre nom.

— C'est d'accord.

S'approchant d'elle, il retira l'un de ses gants et lui tendit la main.

— Je m'appelle Carlos. Carlos Diablo, dit-il, son regard rivé au sien.

Elle ne put réprimer un tressaillement. *Diablo.* Le diable… *Carlos le diable.* Quel nom sinistre ! Elle chassa bien vite cette pensée. Après tout, ce n'était qu'un nom, rien d'autre qu'un nom.

— Et je suis…

Elle se mordit la langue, hésitant à décliner son identité. Et s'il avait déjà entendu parler d'elle ? Et si, pour lui aussi, son nom était associé à la fortune qu'elle avait gagnée ? Elle ignorait depuis combien de temps il séjournait en Angleterre, mais il aurait très bien pu l'apprendre par les journaux. Elle refusait désormais de prendre des risques.

— Mademoiselle Jones, reprit-elle en grimaçant.

Ce « mademoiselle » accolé à son nom sonnait un peu désuet à ses oreilles, mais au moins, elle n'avait pas révélé son prénom. Après tout, rien ne prouvait qu'il lui ait donné sa vraie identité.

Le diable et Mlle Jones… Elle esquissa un léger

sourire. Cela aurait pu être le titre d'un roman gothique ou d'une chanson de blues.

— Je suis heureux de faire votre connaissance… mademoiselle Jones.

A la façon dont il prononça son nom, elle sentit ses joues s'empourprer. Sans doute pensait-il qu'il s'agissait d'un nom d'emprunt, à en juger par le sourire en coin qui s'attardait sur ses lèvres sensuelles et l'éclat amusé de son regard.

Décontenancée, elle baissa les yeux vers sa longue main tendue vers elle. Curieusement, ce geste avait un je-ne-sais-quoi de rassurant. Lorsqu'elle se referma sur la sienne, elle sentit sa chaleur et sa force irradier le long de son bras et se communiquer à tout son être.

Troublée, elle ferma les yeux, goûtant ce contact étrange, qui n'avait rien de commun avec le geste anodin qu'il aurait dû être. Il y avait dans ce contact quelque chose de profond, de primitif, de sauvage presque, peut-être même de dangereux et en même temps d'intimement lié à la vie.

Elle sentait la chaleur se propager dans tout son corps, dissipant le froid qui s'était logé jusque dans ses os. Une chaleur bienfaisante, mais aussi troublante, qui menaçait de lui faire perdre tout contrôle d'elle-même. En cet instant, elle n'avait qu'une envie, suivre cet homme, ce Diablo.

Pas seulement pour fuir ce qu'elle avait laissé derrière elle — Gavin, son mariage, sa vie de femme raisonnable qui se berçait d'illusions sur le monde. Mais aussi pour vivre quelque chose de nouveau, de différent et… de terriblement excitant.

Elle rouvrit les yeux. Le visage de Carlos semblait différent, comme si ses traits s'étaient adoucis. Ses magnifiques yeux verts avaient désormais l'éclat d'un pré scintillant sous le soleil après la pluie. Quant à sa bouche…

Les lèvres fermes et pleines de l'Argentin esquissèrent un sourire tandis qu'il accentuait la pression de sa main sur la sienne.

Elle sentit un frisson la parcourir. Un court instant, elle se laissa aller à imaginer cette bouche sensuelle lui prodiguant les plus affolants des baisers, caressant les parties les plus intimes de son corps.

— Pouvons-nous y aller maintenant ? finit-il par demander. Je ne sais pas pour vous, mais je pense avoir été assez mouillé pour aujourd'hui !

— Bien sûr ! répondit-elle, un peu gênée. Mais je ne sais pas trop comment faire pour monter sur votre moto avec… ça.

Elle désigna la longue robe fourreau qui épousait les courbes de sa silhouette avant de s'évaser légèrement aux chevilles.

— Je crains que ma tenue ne soit pas très adaptée.

Pourquoi fallait-il que les femmes portent des tenues aussi peu pratiques ? se demanda Carlos. Il était même surprenant qu'elles puissent marcher avec…

Pourtant, cette robe lui allait à ravir, il devait bien le reconnaître. Elle modelait avec volupté ses courbes parfaites, suggérant la naissance de son décolleté affolant, mettant en valeur sa poitrine généreuse, sa taille fine et ses fesses rondes.

Cette robe était une ode à la féminité, à la féminité assumée et généreuse. Comme il détestait les critères de la mode actuelle ! Il aimait qu'une femme ait un corps épanoui. Et, dans ce domaine, cette Mlle Jones comblait ses aspirations. Elle était l'incarnation de la féminité. Une féminité éclatante. Car avec ses yeux gris immenses, ses boucles blondes et son teint diaphane, elle était resplendissante de beauté.

— Nous allons devoir régler le problème.

Il avait déshabillé suffisamment de femmes dans sa vie pour connaître les nombreuses subtilités des tenues féminines. D'après son expérience, les robes de soie offraient peu de résistance à une poigne vigoureuse. Celle-ci ne dérogerait certainement pas à la règle. De toute façon, cette Mlle Jones n'avait certainement pas envisagé de porter cette robe de créateur après sa nuit de noces…

Mais qu'est-ce qui avait bien pu la pousser à fuir le jour de son mariage ? Il ne cessait de se le demander. Mais elle semblait peu disposée à répondre à ses interrogations : une femme qui n'avait rien à cacher ne se présentait pas sous le nom d'emprunt de Mlle Jones.

Et puis, quel homme pouvait se montrer assez stupide pour laisser une femme aussi belle lui glisser entre les doigts ? Une femme qui avait accepté de l'épouser ?

— Et qu'est-ce que « régler le problème » signifie pour vous ? Comment comptez-vous vous y prendre ?

— Rien de plus simple, assura-t-il. Laissez-moi faire.

Il s'agenouilla sur le sol humide et, tirant légèrement sur le tissu de la robe, il le rassembla dans ses mains, déséquilibrant la jeune femme.

— Ne bougez pas ! ordonna-t-il.

Plaqué ainsi autour d'elle, le tissu soyeux révélait le galbe affolant de ses jambes et, en dessous, laissait deviner la traditionnelle jarretière.

Le sang battait furieusement à ses tempes, et il crispa les mains autour de l'étoffe soyeuse.

— Ne bougez pas ! répéta-t-il d'un ton rendu brusque, s'efforçant de se maîtriser.

A en juger par les effluves qui lui montaient aux

narines, elle appartenait à cette catégorie de femmes qui considèrent le creux du genou comme un endroit propice à l'application de parfum. Il n'allait pas l'en blâmer…

Mais au lieu du parfum floral et délicat auquel il s'était attendu, il s'agissait de notes épicées et entêtantes, qui parlaient de tentation et de sensualité. Une sensualité qu'elle avait manifestement souhaité partager avec l'homme qui aurait dû l'épouser.

Comment pouvait-il s'occuper de cette robe quand tout son corps se contractait dans une réponse instinctive à la proximité de sa peau délicate, à son odeur terriblement enivrante et sensuelle ?

De la jalousie, primaire, instinctive, le saisit à la pensée de cet inconnu auquel elle avait désiré s'offrir cette nuit. Seul un fieffé imbécile aurait laissé partir cette femme avant la lune de miel.

Etait-ce pour lui l'occasion de saisir la balle au bond ? Certes, il n'avait pas pour habitude de convoiter les femmes déjà engagées. Mais l'était-elle encore, dans la mesure où elle cherchait à fuir son fiancé ?

— Je vous ai demandé de ne pas bouger ! gronda-t-il de nouveau, grisé par le parfum affolant de ce corps à quelques centimètres de lui.

— Mais je ne bouge pas !

Serrant les dents, elle s'efforçait de dominer les émotions intenses qui l'assaillaient. Tout ce qu'elle désirait, c'était qu'il règle le problème le plus vite possible. Elle ne supporterait pas une minute de plus cette tension qui mettait ses nerfs et ses sens à rude épreuve.

Il ne touchait que le tissu de sa robe, mais elle était pourtant parcourue d'irrépressibles frissons. Comme si elle sentait sur sa peau la caresse de ses mains et la chaleur de son souffle.

Elle sentait monter en elle une chaleur intense, qui irradiait dans tout son corps. Captivée, elle ne parvenait pas à détacher son regard de ses cheveux d'un noir profond qui tombaient en longues mèches désordonnées. Les poings crispés le long du corps, elle luttait contre le désir irrépressible de les enfouir dans cette chevelure abondante et capricieuse.

Il fallait qu'elle le sente, qu'elle le touche. Elle voulait davantage que le contact chaleureux et rassurant de sa main dans la sienne…

Elle prit une profonde inspiration, essayant de contrôler ce désir violent et irrationnel. Pourtant son intuition lui disait que les choses ne pouvaient pas rester ainsi.

Elle le savait, tout simplement. Jamais un homme n'avait suscité en elle de telles émotions. Mais que se passerait-il si, comme Gavin, il ne la trouvait pas attirante ?

« Non, vraiment, il me suffira de m'étendre et de penser à tout cet argent. Ça me stimulera certainement, car inutile de te dire que je ne compte pas sur elle pour le faire. Elle est si grosse ! J'aurais l'impression de coucher avec un cheval… »

Elle ne supporterait pas qu'un autre homme la trouve repoussante. Ce serait comme tendre l'autre joue…

Comme s'il pouvait lire dans ses pensées, Carlos leva les yeux vers elle.

Elle tressaillit. Une lueur nouvelle brillait dans son regard. Une lueur qui semblait refléter les mêmes émotions que celles qui l'assaillaient en ce moment, la même ardeur que celle qui la tourmentait.

Après tout ce qu'elle avait vécu aujourd'hui, l'idée

qu'elle pouvait inspirer du désir à cet homme la bouleversa. L'espace d'un instant, elle sentit ses jambes se dérober sous elle. Prise de panique, elle tapa du pied pour se redonner une contenance.

— Mais qu'est-ce que vous fabriquez à la fin ? s'écria-t-elle.

— Ça… répondit-il d'une voix troublée.

Quelque chose se déchira et, déséquilibrée, elle poussa un cri, tandis que de l'air froid s'engouffrait brusquement sous son jupon de mousseline.

Carlos s'était redressé et tenait dans ses mains vigoureuses le volant de soie qu'il avait arraché à partir de la taille. Désormais, ses mouvements ne seraient plus entravés et elle pourrait monter sur la puissante moto.

— Merci.

Elle fit quelques pas vers la puissante cylindrée, puis s'arrêta brusquement.

Partir avec lui signifiait s'asseoir derrière lui ! Tout près de lui ! Nouer ses bras autour de sa taille, plaquer sa poitrine contre son large dos, sentir la chaleur de son corps la submerger. Ecarter les jambes et s'appuyer contre lui…

— Non !

— Qu'y a-t-il cette fois ? demanda-t-il d'un ton qui trahissait une certaine impatience. Il faudrait vous décider. Que se passe-t-il ?

— J'ai… j'ai peur.

— Je conduis très bien, vous savez.

— Je n'en doute pas un instant !

Ce qui ne signifiait pas pour autant qu'elle ne risquait rien. Fatalement, elle finirait par perdre le contrôle d'elle-même…

Comment, au vu de ce qu'elle ressentait pour ce

parfait inconnu, avait-elle pu croire que Gavin était l'homme de sa vie ? Comment avait-elle pu être aveugle au point de croire qu'elle éprouvait assez de sentiments à son égard pour accepter sa demande en mariage ?

Mais après les trois longues années passées à soigner sa mère, elle voulait vivre, aimer, fonder une famille, faire des projets… Gavin n'avait eu qu'à tendre la main pour la cueillir comme un fruit mûr. Elle avait éprouvé un tel besoin de se sentir aimée…

— Je croyais que le port du casque était obligatoire en moto, déclara-t-elle, en redoutant cependant de lui faire perdre définitivement patience.

— Et moi, je croyais que vous vouliez partir d'ici.

— C'est vrai, mais seulement…

— Seulement en respectant la loi… railla-t-il.

Elle se tut. Elle se sentait soudain très lasse. Comme elle aurait aimé se montrer moins raisonnable parfois, jeter son bon sens aux orties et saisir les chances de la vie. A toujours suivre ce que sa raison lui dictait, elle avait fini par accepter la demande en mariage de Gavin. Et où cela l'avait-il menée ? Elle n'osait imaginer ce qui serait arrivé si elle n'avait pas fini par ouvrir les yeux…

Aujourd'hui, la vie mettait cet homme, ce *Diablo*, sur sa route. Et au lieu de saisir cette chance à pleines mains, elle tergiversait comme à son habitude.

Au moment où elle s'apprêtait à lui dire qu'elle acceptait de monter sans casque, Carlos lui tendit le sien.

— Voilà… Vous êtes satisfaite, *señorita* ?

Elle prit le casque, mortifiée. L'exaspération était perceptible dans la voix de Carlos. Qu'avait-il bien pu penser lorsqu'il l'avait aperçue sur le bord de la route, sorte d'apparition de soie blanche et de dentelle ?

— Mais vous ne pourrez jamais le passer là-dessus,

poursuivit-il, ironique, en désignant le voile maintenu par un mince diadème.

— Je sais. Est-ce que vous…

Elle croisa son regard et sentit soudain son cœur s'emballer.

— Est-ce que vous pourriez m'aider à détacher ça ? demanda-t-elle, la voix un peu rauque.

— Vous me prenez pour qui, une demoiselle d'honneur ? railla-t-il.

Il s'approcha.

— Enlevez tout, débarrassez-moi de ça. Si vous pouvez déchirer une robe, quelques épingles à cheveux ne devraient pas vous résister.

Un frisson la parcourut à la pensée qu'il pourrait mettre sa robe en morceaux s'il le souhaitait.

— *Por supuesto…* Laissez-moi voir ça.

Joignant le geste à la parole, il prit son visage en coupe dans ses mains. Elle se raidit. Lentement, il lui inclina la tête, de façon à mieux voir. Dans cette journée riche en bouleversements, cette soudaine douceur l'émut au plus haut point. Sa main chaude était comme un baume apaisant, et elle mourait d'envie d'y enfouir son visage, d'y faire disparaître toutes ses tensions.

Qui aurait cru que ses grandes mains puissent se montrer aussi habiles ? Elle s'attendait à ce qu'il tire sur les épingles, comme elle l'aurait fait si elle avait pu s'en charger toute seule. Mais chacun de ses gestes était maîtrisé. Pourtant, elle percevait une tension dans ce corps puissant si proche du sien. Une tension semblable à la sienne.

Qu'avait-il dit déjà ? Qu'il avait tout laissé derrière lui ? Mais qu'avait-il abandonné au juste ?

Elle soupira.

— *¿ Qué ?* demanda-t-il en s'interrompant. Je vous ai fait mal ?

— Non, pas du tout.

Pourtant, elle était au supplice. La douce torture qu'il lui infligeait l'embrasait tout entière. Tout son corps se consumait de désir. Elle voulait plus que ce simple contact. Elle ressentait le besoin irrépressible de le toucher, de l'enlacer, de prendre tout ce qu'il pouvait lui offrir.

— Je veux partir d'ici.

« Avec toi », ajouta-t-elle dans son for intérieur. Mais elle ne pouvait finir sa phrase, redoutant plus que tout ce qu'elle risquait de libérer.

— Alors finissons-en avec ça, murmura-t-il en la fixant intensément, avant de reporter son attention sur sa coiffure.

Elle ferma les yeux, écoutant le tintement des épingles qui tombaient sur la route. A chaque épingle retirée, c'était son esprit, son corps, sa vie entière qui s'allégeaient. Ses muscles se relâchaient. Tout son corps se détendait, chassant la morsure de la trahison.

— Votre mariage… Pourquoi vous êtes-vous enfuie ? demanda-t-il soudain. Qu'est-que cet homme vous a fait ?

Elle rouvrit les yeux. Cherchait-il simplement à faire la conversation ?

Elle respira profondément.

— Vous voulez savoir pourquoi je me suis enfuie sans demander mon reste ? demanda-t-elle, une pointe de défi dans la voix.

— Vous admettrez que, d'ordinaire, les choses ne se passent pas ainsi. Les fiancés…

— … échangent leurs vœux, émus, au comble de la joie ? Eprouveriez-vous de la compassion envers ce pauvre fiancé délaissé ? Eh bien, vous ne devriez pas. En cet instant, il doit connaître des moments ardents et passionnés dans les bras de ma demoiselle d'honneur ! Du moins, si les prouesses auxquelles il s'est adonné tout à l'heure sur ce qui devait être notre lit de noces ne l'ont pas déjà exténué.

— Ce salaud a osé faire ça ? s'écria-t-il, indigné, en serrant les poings.

Elle poussa un petit cri de douleur. Il venait de lui tirer légèrement les cheveux. Elle se surprit ensuite à sourire. La réaction de Carlos prouvait que la situation ne le laissait pas indifférent, et son indignation agissait sur elle comme un véritable baume.

— Je l'ai surpris — je *les* ai surpris — dans le feu de l'action, répondit-elle. Alors, je suis sortie de la chambre aussi vite que je l'ai pu. Je ne pense pas qu'ils m'aient vue, ils paraissaient… trop absorbés. J'ai fait en sorte de quitter les lieux le plus discrètement possible. Puis j'ai couru sans me retourner.

Elle avait traversé la lande pour rejoindre la route. Trop épuisée et trop bouleversée pour continuer plus loin dans cette stupide robe de mariée, elle s'était alors décidée à faire du stop.

Elle ne comptait pas lui en dire plus. D'ailleurs, elle osait à peine se remémorer les paroles horribles de Gavin. Jamais cet homme ne l'avait considérée comme une femme ni comme une personne. A ses yeux, elle n'était qu'un moyen de s'enrichir, une source de revenus.

— Aucun homme ne devrait traiter une femme de cette façon, déclara-t-il. Il mérite une bonne leçon. Vous devriez me laisser vous reconduire là-bas.

— Et que feriez-vous ? Vous le provoqueriez, lui diriez le fond de votre pensée ? Non, merci ! En agissant ainsi, tout le monde apprendrait la raison de mon départ. Tout le monde saurait comment j'ai été humiliée. Je préfère les laisser croire que j'ai changé d'avis au dernier moment, ce qui d'ailleurs est la vérité. Gavin ne saura jamais que je l'ai surpris le pantalon sur les chevilles…

Elle ne lui donnerait jamais la satisfaction de savoir qu'elle s'était sentie humiliée.

— Je sais me défendre toute seule, merci, poursuivit-elle. Je le fais depuis suffisamment longtemps.

— Comment ça ? Et votre famille ?

— Je n'en ai pas. Je n'ai jamais connu mon père. Il a quitté ma mère dès qu'il a appris qu'elle était enceinte. Nous n'avons toujours vécu que toutes les deux, jusqu'à son décès l'été dernier à cause d'un cancer du foie.

C'était à la suite de cette terrible perte que, sous le coup d'une impulsion, elle avait acheté son premier billet de loterie, un billet gagnant qui avait changé sa vie. Si seulement elle l'avait acheté quelques mois plus tôt, elle aurait pu rendre les derniers mois de vie de sa mère plus agréables.

— Je suis désolé.

Elle se raidit. Elle appréhendait la réaction de Carlos tout autant que la sienne. S'il la prenait dans ses bras, tout ce qu'elle contenait en elle de douleur et de sanglots étouffés jaillirait. Et elle ignorait si elle pourrait le supporter.

Mais l'élan de compassion tant redouté ne vint pas. Avait-il perçu ses craintes ?

Il tira une dernière épingle et se redressa, lui tendant le diadème et le voile humide.

— Tenez.

Elle sentit son cœur s'alléger. Elle avait l'impression

d'être déchargée d'un poids, libérée de contraintes qui n'étaient pas uniquement à mettre sur le compte de sa parure. Quelques heures plus tôt, elle avait touché le fond, mais elle était bien décidée à remonter !

— Je peux maintenant poursuivre ma route et laisser tout le reste derrière moi. Vous savez, je ne m'enfuis pas ; je vais de l'avant. Je tourne le dos à ce qui aurait pu être une terrible erreur. Je prends un nouveau départ.

Elle s'approcha pour prendre le diadème. Mais, suivant son élan, elle se hissa sur la pointe des pieds et déposa un baiser sur la joue lisse et ferme de Carlos.

— Merci !

Puis elle se figea, le souffle court. Le monde semblait s'être arrêté de tourner. Les oiseaux s'étaient tus, et le vent paraissait suspendu dans les branches. La peau froide et humide de Carlos dégageait une intense odeur boisée qui captiva voluptueusement ses sens.

Leurs regards se croisèrent, et elle ne distingua plus dans ses yeux qu'un mince liseré vert autour de ses pupilles dilatées.

Son cœur tambourinait dans sa poitrine. Bientôt, elle sentit ses bras l'enlacer fermement. Il l'attira plus près et, baissant la tête, prit sa bouche avec fougue. Elle entrouvrit les lèvres et s'abandonna à ce baiser.

Malgré le feu qui l'embrasait tout entière, elle luttait pour garder le contrôle d'elle-même. Elle n'avait jamais rien connu de pareil, jamais reçu ou suscité un tel baiser dans sa vie. Bien sûr, elle avait déjà embrassé des hommes, mais jamais elle n'avait ressenti pareille émotion. Soudain, les caresses échangées avec Gavin lui paraissaient tièdes en comparaison de ce tourbillon délicieux qui emportait ses sens et sa raison. Son cœur était sur le point d'exploser et la tête lui tournait.

— *Belleza*…, murmura-t-il d'une voix rauque en couvrant son cou et sa nuque de baisers.

— Diablo…

C'était son nom, et non son prénom, qui avait franchi ses lèvres. Un nom qui lui allait comme un gant, tant il reflétait son magnétisme et sa sensualité sulfureuse. Sa puissance et sa virilité agissaient sur elle comme un aimant, la forçant à changer de cap, à délaisser le chemin du bon sens et de la raison pour s'aventurer sur de nouveaux territoires.

Comment avait-elle pu atteindre sa vingt-troisième année, avoir échangé baisers et caresses et pensé être amoureuse sans avoir jamais goûté à de pareilles sensations ?

La bouche insatiable de Carlos opérait une magie noire sur elle, enflammant tous ses sens. Elle en voulait plus. Elle voulait prolonger ces extraordinaires sensations qui déferlaient en elle comme des vagues de feu. Elle voulait offrir chaque parcelle de son corps aux caresses de ces lèvres avides…

Soudain, le tonnerre gronda au-dessus de leur tête et une pluie torrentielle s'abattit sur eux, les glaçant jusqu'aux os en quelques secondes à peine.

— *¡ Infierno !* s'écria Carlos en s'écartant brusquement d'elle. Partons d'ici !

Comme anesthésiée, Martha se laissa conduire d'un pas rapide jusqu'à la moto à travers les flaques d'eau qui se formaient déjà.

Carlos s'arrêta un instant pour lui passer sans cérémonie le casque sur la tête, puis enfourcha la grosse cylindrée qu'il démarra aussitôt.

A son tour, elle enfourcha la moto, un peu hésitante, puis se cala contre son dos large et puissant.

— Accroche-toi bien à moi, lui lança-t-il d'une

voix couverte par le bruit de la pluie et le rugissement du moteur.

Alors qu'elle s'apprêtait à nouer ses bras autour de sa taille, elle s'aperçut qu'elle tenait encore à la main le diadème et le voile, qui pendait comme un vulgaire chiffon mouillé. Ils n'étaient plus désormais que les symboles fanés de la vie qu'elle avait un jour souhaité pour elle. Une vie qui s'était avérée n'être que mensonge et supercherie. Gavin n'avait jamais éprouvé de sentiments pour elle. Il n'avait jamais convoité que son argent. Qu'il aille au diable !

— Accroche-toi bien ! répéta-t-il en faisant vrombir le moteur. Si tu es toujours décidée à me suivre.

« Si tu es toujours décidée à me suivre. »

Elle sentit son cœur bondir dans sa poitrine. Comment pourrait-il en être autrement ? Carlos Diablo ne lui offrait pas seulement une porte de sortie loin de cette lande désolée, ou le moyen de fuir le plus loin et le plus vite possible d'un mariage avorté. Il lui apportait aussi la promesse d'une vie différente. Une vie excitante et aventureuse qu'elle aurait considérée avec effroi à peine quelques jours plus tôt. Mais maintenant, elle était impatiente de s'y lancer.

Elle avait fait le premier pas lorsqu'elle avait contemplé son reflet dans sa robe de mariée. Elle avait alors compris qu'elle était sur le point de commettre une erreur. Elle avait rassemblé son courage, celui qui lui avait permis plus tôt de considérer la situation avec lucidité, pour annoncer sa décision à Gavin. Les propos qu'elle avait alors surpris l'avaient blessée au plus haut point.

Mais qui sait ? Le choc l'avait peut-être aidée à trouver l'énergie qui lui manquait pour tirer un trait sur ce simulacre de mariage et échapper à la vie raisonnable qui l'attendait.

— Prête ?

Elle acquiesça, enthousiaste, tout en sachant qu'il ne pouvait pas la voir.

— Prête !

Dans un geste résolu, elle jeta au loin le délicat diadème en cristal, qui vola en éclats sur le sol. Puis ce fut autour du voile, et elle le regarda s'envoler avec satisfaction, emporté par le vent au-dessus de la lande.

— Plus prête que jamais !

Elle noua ses bras autour de la taille robuste de Carlos et fut légèrement projetée en arrière quand la moto démarra dans un vrombissement puissant.

Comment l'idée de monter derrière Carlos et de se blottir contre lui avait-elle pu l'effrayer à ce point ? A présent, rien ne lui semblait plus naturel. La vitesse, la pluie sur la visière de son casque, les gerbes d'eau projetées par les roues, tout se révélait incroyablement excitant. Cramponnée de toutes ses forces à lui, elle se laissait griser par la vitesse, à l'abri et protégée par lui.

Elle ignorait tout de leur destination, mais peu lui importait. Tout ce qui comptait, c'était qu'elle s'éloigne de ce qui avait été sa vie jusqu'à présent. Elle partait sans se retourner. Sans rien regretter. Elle laissait derrière elle un mariage hypocrite.

Une vie nouvelle s'ouvrait à elle, et cet homme fort et terriblement séduisant l'accompagnerait sur ce chemin palpitant. Pour un temps du moins.

Désormais, elle agirait en fonction de ses désirs. Finis le bon sens, la mesure, le contrôle. Elle en avait assez de vivre dans la sécurité. Elle voulait croquer la vie à pleines dents, et prendre tout ce qu'elle avait à lui offrir.

3.

Jamais elle n'avait connu pareille ivresse. Ils roulaient si vite qu'elle avait l'impression de voler. Sous la conduite experte de Carlos, la moto semblait tour à tour s'élever, plonger, puis tourbillonner dans les airs. Ivre d'excitation, Martha sentait son cœur cogner dans sa poitrine.

Elle ignorait depuis combien de temps ils roulaient. Quelques minutes ? Quelques heures, peut-être ? La pluie avait cessé, et les rayons timides du soleil qui filtraient à travers les nuages annonçaient le crépuscule. Soudain le moteur, si puissant et si fiable jusqu'ici, fut pris de violentes secousses. Carlos arrêta la moto sur le bas-côté.

— Quelque chose ne va pas ?

— Je le crains, répondit Carlos en tentant de faire repartir le moteur. Nous n'irons pas plus loin ce soir. Je dois faire contrôler la moto dans un garage.

— Oh ! non !

Elle ne chercha pas à cacher sa déception. Son grand saut vers l'inconnu prenait-il déjà fin ? Se pouvait-il que le futur excitant dont elle avait rêvé s'achève avant même d'avoir commencé ?

Carlos jeta un regard alentour. Ils venaient d'entrer dans une petite bourgade.

— Cet endroit doit probablement être desservi par une gare ou une station de bus.

Ses paroles lui firent l'effet d'une douche froide. L'ancienne Martha n'aurait pas hésité une seconde à opter pour la sécurité du car ou du train. Mais pas la femme qu'elle était devenue.

— La nuit commence à tomber et, crois-moi, j'ai déjà mis bien plus de distance entre ce mariage et moi que je n'osais l'espérer. Tout ce que je souhaite à présent, c'est m'arrêter quelque part pour récupérer un peu. On devrait pouvoir trouver facilement un hôtel ici.

— Tu veux vraiment passer la nuit ici ?

Elle sentit sa détermination vaciller. Pourquoi montrait-il si peu d'enthousiasme ? Il avait déjà évoqué l'idée de la mettre dans le premier train ou bus venu... De quelle autre preuve avait-elle besoin ? Manifestement, il ne partageait pas les sentiments qu'elle éprouvait pour lui. Ne risquait-elle pas de se rendre ridicule en insistant encore ? Elle ferait bien mieux de suivre son conseil et de partir de son côté avant de s'exposer à une cuisante désillusion.

Elle sentait l'euphorie suscitée par cette chevauchée débridée en moto s'évanouir progressivement, tandis que lui revenaient les paroles cruelles de Gavin. Ne se berçait-elle pas de nouveau d'illusions en croyant à la naissance d'une nouvelle Martha ?

Pourtant, elle n'avait pas rêvé ce baiser...

— Ce n'est pas grave, oublie ça ! assura-t-elle d'un ton qui se voulait désinvolte.

— Au contraire, c'est une très bonne idée !

— Un endroit qui ne soit pas trop cher, ajouta-t-elle précipitamment.

Comment n'y avait-elle pas songé plus tôt ? Un

homme qui affirmait ne plus rien posséder au monde ne devait pas rouler sur l'or…

— Alors, il vaudrait mieux ne pas trop tarder, déclara-t-il sans relever.

— Tu crois ?

— Enlève ça, ordonna-t-il en désignant le casque qu'elle portait encore.

Comme hypnotisée par son regard, elle obtempéra. Elle retira le casque et secoua ses cheveux. Elle n'eut pas le temps de réagir que, déjà, la main chaude de Carlos se posait sur sa nuque, puis ses lèvres fermes se pressèrent contre les siennes.

Ce baiser était aussi langoureux que le premier avait été avide et impérieux. C'était comme si leurs bouches se découvraient, s'exploraient, lentement tout d'abord, puis avec fougue. Leurs langues se mêlaient dans une danse sensuelle et langoureuse. Son corps tout entier réagissait à ce baiser, s'embrasait, et elle s'abandonna, se laissant submerger par le désir qui montait en elle et la grisait comme un alcool fort.

Quand Carlos s'écarta d'elle, elle ne put retenir un gémissement de protestation. Elle chancela, manquant de tomber en avant, comme attirée vers lui par la force d'un aimant. Elle sentit ses mains puissantes la retenir.

— Carlos…

Elle avait encore dans la bouche le goût de ses baisers. Elle porta la main à ses lèvres comme pour en retenir la saveur et mieux s'en délecter. Une lueur fauve brillait dans les yeux de Carlos.

— Je sais… souffla-t-il d'une voix rauque. Je ressens la même chose. Nous devons trouver un endroit pour la nuit, parce que la prochaine fois que je t'embrasserai, je ne suis pas certain de pouvoir m'arrêter. Et nous aurons besoin d'être à l'abri, quelque part au chaud.

« *Quelque part au chaud…* où nous pourrons nous aimer », songea-t-elle, le cœur battant la chamade. Il ne l'avait pas dit, mais tout en lui l'affirmait : ses yeux ardents, sa voix suave, la chaleur de ses mains qui la serraient encore et qu'elle sentait même à travers le cuir épais de son blouson. Elle ne parvenait pas à détacher son attention de l'homme devant elle, de son visage incroyablement beau et attirant. Le reste du monde, les piétons, les voitures, se détachaient vaguement à la lisière de sa conscience.

« La prochaine fois que je t'embrasserai… » Ces mots ne cessaient de tourner dans son esprit.

Elle s'efforça de rassembler ses pensées. Allait-elle accorder sa confiance à un parfait étranger ? A un homme rencontré à peine quelques heures auparavant ? Allait-elle le suivre dans un hôtel simplement parce qu'elle en éprouvait le désir ?

Mais elle connaissait déjà la réponse. Sa déception quand elle avait cru que Carlos était déterminé à la mettre dans un train ou un bus lui prouvait à quel point elle le désirait. Jamais elle ne s'était sentie aussi vivante. Tout son corps brûlait d'une ardeur avivée par cette folle échappée en moto, avec le corps ferme et chaud de Carlos contre le sien.

Elle en voulait plus.

Soudain, la pluie se remit à tomber. En quelques secondes, ses cheveux ruisselaient. Le T-shirt et le jean mouillés de Carlos lui collaient à la peau, révélant les lignes vigoureuses de son corps, le dessin de ses muscles puissants. Elle sentit sa bouche devenir sèche.

— A l'abri… articula-t-elle enfin d'une voix à peine audible tout en balayant les environs du regard.

Un peu plus loin de l'autre côté de la rue, une enseigne lumineuse annonçait une pension de famille.

— Là-bas, suggéra-t-elle.

Après avoir garé la moto, Carlos l'entraîna d'un pas vif en direction de l'hôtel. Au contact de sa paume chaude, elle se rappela leur poignée de main. Ce qu'elle avait ressenti alors, cet incroyable sentiment de sécurité. Non, il ne lui voulait pas de mal. D'ailleurs, elle ne le laisserait pas lui en faire.

Elle avait envie de lui. Elle ne cherchait ni une relation, ni l'amour.

Elle n'avait plus de doutes sur le désir qu'elle suscitait en lui ni sur ses intentions. En cet instant, il la tirait presque jusqu'à l'hôtel ! Pourquoi prétendre résister ? Elle ne désirait rien d'autre. Rien d'autre que sa main dans la sienne, protégée de la pluie battante par le corps robuste de cet homme. Et oublier tout le reste.

— Espérons qu'il leur reste une chambre, dit-il en se hâtant vers l'entrée.

Puis il tourna brusquement vers elle.

— C'est assez bon marché pour toi ?

— Comment ? Oh ! oui…

Elle avait oublié sa suggestion de chercher un hôtel abordable. Dire qu'il avait cru que c'était pour elle ! Comment réagirait-il si elle lui apprenait que l'achat de cette pension écornerait à peine son compte en banque ? Mais elle ne se sentait pas prête à lui confier ce détail de sa vie. Mieux valait le conforter dans la croyance qu'elle n'était qu'une jeune femme ordinaire. Une femme ayant fui son indigne fiancé le jour de son mariage. Celle-là même qu'il avait rencontrée d'une manière si imprévisible. Celle qu'il avait sauvée du désastre. Elle voulait demeurer cette femme, cette mademoiselle Jones.

— Ce sera parfait… commença-t-elle avant de crier en sentant le sol se dérober sous ses pieds.

Déséquilibrée par le talon d'une de ses chaussures qui avait cédé sur les pavés irréguliers et humides, elle tendit les bras par réflexe pour éviter de tomber.

Elle fut rattrapée par les mains assurées de Carlos. Il la souleva sans effort, un bras autour de sa taille et l'autre sous ses cuisses.

— Après vous, si vous le permettez.

Il gravit les quelques marches qui les séparaient de l'entrée et passa la porte.

La réception était accueillante, baignée dans une lumière chaude. Ignorant la stupeur de la réceptionniste, il se dirigea vers elle, Martha toujours dans ses bras.

— Auriez-vous encore des chambres libres ?

Martha frémit de tout son corps en entendant les intonations chaudes et sensuelles de la voix de Carlos. A en juger par sa réaction, la réceptionniste n'y était pas non plus insensible.

— Bien sûr, monsieur, répondit cette dernière avec un sourire charmeur. Que désirez-vous ?

Partagée entre angoisse soudaine et excitation, Martha ne sut que répondre. Que désiraient-ils… ? Blottie contre son torse viril, envoûtée par le rythme sourd de ses puissants battements de cœur et par les notes musquées de son parfum, elle se sentait en proie à une étrange langueur. Il lui aurait suffi de tourner la tête pour presser ses lèvres contre son long cou racé et goûter de nouveau la saveur de sa peau lisse. Elle avait faim de baisers, faim de lui, et elle sentait monter un désir au cœur de son ventre. Mais elle sentait aussi son corps s'affoler à l'idée de se retrouver seule avec cet homme — cet étranger — derrière la porte close d'une chambre.

Carlos profita d'un moment où la réceptionniste pianotait sur son clavier pour approcher sa bouche de l'oreille de Martha, l'effleurant du souffle chaud de sa respiration.

— Une ou deux chambres ? murmura-t-il d'une voix douce.

Elle tressaillit légèrement. Avait-elle bien entendu ? Elle leva vers lui un regard incertain. Une lueur intense dansait dans ses yeux. Oui, il avait bien posé cette question ! Cela signifiait qu'il lui laissait le choix et qu'il accepterait sa décision, quelle qu'elle soit.

Il lui sembla alors qu'on lui retirait un poids de la poitrine. Soulagée, elle était aussi terriblement émue par le fait qu'il se soucie peu de savoir qui elle était ou si elle avait de l'argent : tout ce qu'il désirait, c'était la femme qu'il tenait dans ses bras.

— Une seule, répondit-elle dans un souffle.

Mais sentant que sa réponse n'était pas assez explicite, elle redressa la tête et se tourna vers la réceptionniste.

— Une chambre avec un lit double, précisa-t-elle d'une voix forte.

Elle sentit alors les battements du cœur de Carlos s'accélérer contre sa joue, témoignant de l'effet de ses paroles sur lui.

Tandis que la réceptionniste s'affairait derrière le comptoir, Martha se retourna vers Carlos.

— Tu peux me reposer maintenant, assura-t-elle, je peux marcher.

— Hors de question, *querida*, déclara-t-il d'une voix ferme. J'ai attendu déjà trop longtemps pour te prendre dans mes bras, je ne vais pas te laisser partir maintenant.

Lorsque enfin la réceptionniste lui tendit les clés de la chambre, il la remercia d'un sourire lumineux. Il passa les bretelles de son sac à dos autour de son poignet et porta Martha jusqu'à l'ascenseur.

Dans le hall de l'hôtel, tous les regards se tournèrent vers eux, et elle sentit ses joues s'empourprer.

— Lâche-moi ! Repose-moi à terre !

— Je t'ai déjà dit que c'était hors de question, répliqua-t-il avec un sourire malicieux en resserrant son étreinte.

— Mais tout le monde nous regarde.

— Grand bien leur fasse. Maintenant, veux-tu bien appeler l'ascenseur, *querida* ? J'ai hâte d'être dans notre chambre.

— Carlos, protesta-t-elle faiblement.

Elle obtempéra. La seule façon de se soustraire à l'attention générale était encore de monter dans l'ascenseur.

Par chance, celui-ci arriva rapidement, et Martha se retrouva vite dans la cabine, à l'abri des regards indiscrets. Carlos relâcha enfin son étreinte. Se laissant glisser doucement contre lui pour se remettre debout, elle sentit chaque centimètre de son corps viril avec une acuité qui la mit au supplice.

Il la plaqua alors doucement contre la paroi de l'ascenseur et prit son visage en coupe dans ses longues mains. Puis il l'embrassa. Un baiser long et appuyé.

Elle avait l'impression que ses jambes se dérobaient sous elle. La tête lui tournait, et elle se sentait faible, comme sous l'emprise d'un sortilège.

Elle noua ses bras autour de son cou et glissa ses doigts dans les longues mèches noires de Carlos. Elle s'abandonna aux merveilleuses sensations qui l'envahissaient, approfondissant leur baiser, mêlant sa langue à la sienne dans une danse sensuelle. Plaquée contre lui, elle sentait la vigueur de son érection. L'idée qu'elle suscitait un tel désir chez lui, un désir dont elle partageait la ferveur, accroissait encore son excitation. Elle se mit à onduler contre son sexe durci et ne put retenir un gémissement.

— Carlos… souffla-t-elle. Je veux…

Elle s'interrompit, mimant la suite par un mouvement du bassin le long de sa cuisse athlétique.

— *Belleza. Bruja.*

De ses mains vigoureuses, il écarta le blouson en cuir, découvrant ses épaules et le discret décolleté qui révélait la naissance de ses seins fermes tendus par le désir.

— *Bruja ?* demanda-t-elle, haletante. Qu'est-ce que ça veut dire ?

— Sorcière… tentatrice ! traduisit-il d'une voix rauque, en prenant en coupe sa poitrine durcie. Comment peux-tu me faire ça quand tu sais que je dois attendre que…

L'ouverture de la porte de l'ascenseur coupa court à leur conversation, leur rappelant qu'ils pouvaient être interrompus à tout moment.

Devant son air dépité, elle ne put s'empêcher de rire.

— Comment disais-tu, déjà ? Ah oui : « Grand bien leur fasse ! », ironisa-t-elle. Je suis prête à parier que tu aurais été rouge de honte si l'on t'avait surpris.

Il lui lança un regard de défi. Elle sourit. Elle aimait tant cette candeur touchante qu'elle pouvait éveiller chez cet homme à la masculinité si arrogante. Et dire qu'il lui suffisait d'être elle-même pour susciter chez lui ce type de réaction… Elle sentait déjà une telle complicité entre eux !

— Seulement parce que cela aurait retardé un peu plus notre arrivée dans la chambre, répliqua-t-il. Mais apparemment, nous ne rencontrons aucun obstacle…

Il la souleva de nouveau dans ses bras et s'engagea dans le couloir. Agrippée à lui, elle l'embrassait avec fougue, déposant sur ses lèvres pleines une succession de baisers avides. Déséquilibré, Carlos chancela, heurtant les murs du couloir.

— *Querida*... Je n'arrive pas à voir le numéro des chambres.

— Laquelle avons-nous ?

— La 305…

Elle s'écarta à regret de sa bouche sensuelle et jeta un regard autour d'elle.

— C'est là.

Ils tâtonnèrent pour trouver la clé magnétique et ouvrir la porte. Ils traversèrent rapidement la chambre jusqu'au lit, jetant leurs sacs sur la moquette d'un rouge profond.

Elle se retrouva bientôt allongée sur le jeté de lit en satin, et il s'étendit sur elle, écrasant sa bouche sur la sienne. Son attention semblait désormais se concentrer tout entière sur les baisers et les caresses qu'il lui prodiguait.

Il glissa ses doigts dans ses cheveux, portant à sa bouche les mèches soyeuses qu'il couvrit de baisers. Il murmura quelque chose dans sa langue. Puis il les lissa sur toute leur longueur, sur ses épaules et sa poitrine.

Elle gémit, submergée de sensations affolantes. Elle bascula la tête en arrière, offrant son cou à ses caresses.

— Dès le premier instant où je t'ai vue, j'ai eu envie de toi. Envie de te toucher ici… souffla-t-il en caressant sa joue. Et ici…

Quand il prit délicatement ses seins dans ses longues mains, elle fut secouée par un spasme de plaisir.

— Si tu savais comme il a fallu que je me domine lorsque j'ai arraché le volant de soie de ta robe, alors que je n'avais qu'une envie…

D'un geste brusque, il retroussa ses jupons, découvrant ses jambes interminables. Il laissa courir ses mains sur sa peau satinée, caressant du bout des doigts l'endroit où les fines jarretelles se nouaient aux bas, tout en effleurant de ses lèvres sa gorge jusqu'à la naissance des seins.

Elle eut l'impression de fondre sous ses caresses et le contact brûlant de ses lèvres, tandis qu'une chaleur montait en elle, irradiant tout son corps.

Elle ne désirait rien d'autre que le caresser à son tour, explorer ce long corps viril qui se pressait contre elle. Elle fit courir ses mains sur son dos puissant, son torse sculptural, ses bras robustes, éprouvant la vigueur des muscles qui roulaient sous sa peau. Elle glissa les doigts sous son T-shirt blanc, traçant de l'index les contours de son ventre incroyablement ferme.

Elle était gagnée par une volupté nouvelle, tandis qu'il continuait de déposer mille baisers sur sa poitrine, à travers le tissu de sa robe. Elle sentit la pointe de ses seins se durcir contre la dentelle de son soutien-gorge.

— Carlos…

Transportée par cette sensation délicieuse, elle ondulait irrépressiblement contre lui, rejetant la tête en arrière. L'odeur de son corps agissait comme une véritable drogue sur ses sens.

Puis il effleura délicatement le mince triangle de soie qui recouvrait son sexe. Elle ferma les yeux. Il écarta habilement le tissu soyeux pour glisser ses doigts jusque dans les replis intimes de sa chair. Elle gémit sous ses caresses expertes. Très vite, il fit glisser l'étoffe le long de ses jambes, l'exposant complètement à son regard.

— Toi aussi… protesta-t-elle d'une voix rauque en tirant fébrilement sur la boucle de sa ceinture.

— *Un momento*, dit-il en saisissant sa main.

Intriguée, elle ouvrit les paupières. Son visage était à peine à quelques centimètres du sien. Carlos la fixait de ses yeux voilés par le désir. Pourtant, il semblait sur la réserve, comme en attente. Etait-elle la cause de son désarroi ?

— Quelque chose ne va pas ? demanda-t-elle.

— Nous avons un problème. Nous n'avons rien pour nous protéger. Je n'ai pas de préservatif sur moi. Je… je ne m'attendais pas à cela.

— Moi non plus…

Pas de préservatif. Elle ne cessait de se répéter ces mots, comme pour mieux les accepter peut-être. Non, c'était impossible ! Ils ne pouvaient pas en rester là maintenant !

— Mon sac… J'en ai dans mon sac ! s'écria-t-elle soudain.

Elle venait de s'en souvenir. Gavin avait insisté pour qu'ils s'en servent : la perspective d'une grossesse était inimaginable pour lui. Son ex-fiancé lui avait fait croire qu'elle n'avait rien à offrir à un homme, mis à part sa fortune. Mais tout cela appartenait au passé. Avec Carlos, elle se sentait devenir une femme, une femme désirable et désirée. Jamais elle n'avait désiré un homme à ce point, et elle ne souhaitait qu'une chose, s'abandonner à lui. Ici, dans cette chambre d'hôtel, même si cette aventure ne devait durer qu'une nuit. Elle ne demandait rien de plus.

Elle le vit saisir son sac et en sortir à la hâte un préservatif. Déjà, il s'allongeait de nouveau sur elle, parsemant son cou d'une myriade de baisers furtifs.

— *Belleza*… murmura-t-il dans son cou.

— Qu'est-ce que ça signifie ?

— *Belleza*… Tu es belle.

Il releva brusquement la tête.

— Tu ne me crois pas sincère ?

Elle riva son regard au sien. Comment pourrait-elle douter de lui quand ses yeux embrumés disaient tout de la fureur de son désir ?

— Je crois… que je te trouve incroyablement beau. J'ai envie de…

La gêne qu'elle éprouva soudain étouffa les mots dans sa gorge. Comment pouvait-elle exprimer autrement la chose ?

— Dis-moi ce dont tu as envie.

— Tu le sais !

Mais il ne semblait pas disposé à la laisser se tirer d'affaire aussi facilement.

— J'ai envie que tu m'embrasses.

— Il suffit de demander…

Il lui releva le menton et, de ses lèvres, effleura doucement sa bouche.

— Comme ça ? dit-il, mêlant son souffle au sien.

— Non. Non, pas comme ça. Et tu le sais.

— Ah, tu crois ça ?

Cette tendre dérision eut raison des dernières digues de sa pudeur. Fermant les yeux, elle lui offrit sa bouche. Mais il se contentait d'effleurer ses lèvres, la mettant au supplice.

— J'ai l'impression que tu as autre chose en tête, poursuivit-il. Montre-moi.

Elle ouvrit les yeux et plongea son regard dans celui de Carlos, qui brillait d'une lueur intense. Une lueur de séduction et de défi. Une lueur qui l'invitait dans la moindre ambiguïté à lui prouver son désir. Comme elle le désirait !

— Comme ça…

Elle appuya ses lèvres contre sa joue, goûtant l'odeur

boisée de sa peau, sa pilosité légère qui faisait naître de délicieux picotements sur ses lèvres et sa langue.

— Et comme ça…

Sa langue remonta très lentement jusqu'à la commissure de ses lèvres. Elle sentait son attente, la tension qui l'habitait. Les muscles de sa joue tressautaient, témoignant du contrôle qu'il s'efforçait de garder et qu'il était à deux doigts de perdre.

Son cœur se mit à cogner dans sa poitrine à la pensée qu'elle détenait un tel pouvoir sur lui. Elle en ressentit un certain vertige qu'accentuait encore le désir fiévreux qui enflammait ses sens. Elle eut soudain l'impression d'évoluer au bord d'un dangereux précipice. Mais si elle devait tomber, alors elle emmènerait Carlos !

— Et comme ça…

Elle n'eut pas le temps de poursuivre. Les lèvres de Carlos s'écrasèrent sur les siennes, et sa langue exigeante se glissa dans sa bouche. La tête lui tournait. Quand elle sentit ses jambes se dérober sous elle, elle s'agrippa à lui, enfonçant ses ongles dans les muscles noueux de ses larges épaules.

— Je veux… commença-t-elle.

— C'est mon tour, coupa-t-il, couvrant de baisers brûlants sa peau déjà enflammée par le désir. Je te veux nue, ouverte, offerte…

Glissant ses mains dans son dos, il dégrafa d'un geste habile la fermeture Eclair de sa robe, puis allongea Martha sur le lit. Le bustier qui bâillait à présent exposait sa poitrine et le creux parfumé de ses seins. Il déposa une pluie de baisers sur leur galbe nacré, léchant, effleurant, mordillant cette peau lisse et diaphane. Elle gémit, se cambrant sous les exquises caresses.

— Carlos… murmura-t-elle en glissant ses mains sous son T-shirt.

Quelques instants plus tard, Carlos déchirait ce qui restait de la robe, infligeant le même sort au soutien-gorge de fine dentelle. Il prit dans sa bouche un des mamelons roses durcis qu'il suça avec gourmandise. Elle se cambra, offrant sa poitrine à ses baisers fougueux. Elle aurait voulu que jamais il ne s'arrête…

— Diablo. Oh ! Diablo…

Il se figea, plongeant son regard dans le sien.

— Que les choses soient claires entre nous, dit-il, ce n'est pas du long terme. Je laisse les serments et les promesses à d'autres.

Elle éclata de rire.

— Le futur ne m'intéresse pas, assura-t-elle d'une voix sensuelle. Tout ce qui compte pour moi, c'est l'instant présent, et ce que je vis maintenant avec toi.

Elle l'embrassa avec fougue, tout en s'affairant sur la ceinture et le bouton de son jean qui finirent par céder. Elle pouvait sentir contre sa main son sexe dur et gonflé de désir. Il gémit quand ses doigts fébriles se refermèrent sur lui.

— *Madre de…*

— Maintenant… dit-elle, avec tout le feu de la passion. Maintenant…

Sans s'écarter d'elle, il tendit le bras et saisit le préservatif posé sur la table de chevet.

— Dépêche-toi, l'implora-t-elle, haletante.

Enfin protégé, il se plaça entre ses cuisses accueillantes. Elle pouvait sentir son érection contre son sexe prêt à l'accueillir.

La petite culotte alla rejoindre le reste de leurs vêtements sur la moquette. De ses doigts experts, il commença à caresser lentement les replis moites de sa chair offerte, s'attardant sur le bouton gonflé de désir, déclenchant en elle des spasmes de plaisir.

— Plus jamais, souffla-t-elle. Plus jamais ça. Ne me fais plus attendre… maintenant…

— Maintenant, répéta-t-il d'une voix sourde avant de s'introduire en elle d'une seule poussée.

Elle réprima un cri. Elle s'était crue prête. Elle aurait dû l'être. Son corps entier s'ouvrait à lui dans une attente insoutenable. Elle désirait ce moment avec une telle ferveur qu'elle avait pensé pouvoir cacher sa virginité, ne rien laisser paraître.

Mais, alors qu'elle s'offrait tout entière à lui, elle sentit son cœur s'arrêter de battre et son corps la trahir dans une fugace et involontaire crispation. Horrifiée, elle vit qu'il se raidissait. Sa bouche s'immobilisa sur son sein. Quelque chose n'allait pas.

— Non ! s'écria-t-elle.

Il ne pouvait pas arrêter là, il ne pouvait pas renoncer maintenant.

Elle le saisit par les cheveux et écrasa sa bouche contre la sienne, étouffant toute protestation. Puis, par un mouvement impérieux des hanches, elle l'accueillit plus profondément en elle, lui arrachant un cri de plaisir.

Elle glissa ses mains le long de son dos, sentant ses muscles puissants rouler sous ses doigts. Il tressaillit lorsque ses caresses se concentrèrent à l'endroit où leurs corps s'unissaient.

D'instinct, elle devina les caresses qui attisaient son désir et s'employa à l'exciter et à le provoquer jusqu'à ce qu'il s'introduise plus profondément en elle d'un vigoureux mouvement du bassin.

— Jones ! s'écria-t-il, le souffle coupé.

— Diablo, ne t'arrête pas maintenant…

— M'arrêter ? Impossible !

Il se redressa et, lui saisissant les poignets, les releva au-dessus de la tête.

— Je vais t'offrir ce que tu veux…

En la maintenant fermement, il recommença à sucer longuement la pointe durcie de ses seins, lui tirant des frissons d'extase, sans cesser d'aller et venir en elle, embrasant son corps.

Elle se sentait portée sur une mer de volupté, dérivant au gré des courants. Elle baignait dans sa présence virile, son parfum, le goût de sa peau, la chaleur de ses baisers. Elle était bouleversée par des sensations dont elle n'avait jamais soupçonné l'existence.

Au moment où elle pensait avoir atteint le sommet de la félicité, une sensation intense, comme une brûlante pulsation, monta en elle.

Elle se cambra sous la tension délicieuse et insoutenable qui parcourait tout son corps, obligeant son amant à la pénétrer plus profondément.

— Laisse-toi aller Jones, murmura-t-il à son oreille. Laisse-toi aller et abandonne-toi à moi. Jouis pour moi, *querida*… jouis, *mi angel*…

La jouissance déferla en elle avec une violence inouïe. Et tandis que les vagues de plaisir se succédaient en elle, il la rejoignit, s'abandonnant avec elle dans l'extase.

4.

Secouée de tremblements, elle reprit peu à peu conscience. Elle avait cru ne pas survivre à cette dernière vague de sensations intenses qui l'avait emportée au paroxysme du plaisir.

Elle cilla et sentit la chaleur et le poids du corps de Carlos sur le sien. Cependant, elle n'osait pas croiser son regard. Le souvenir de son corps superbe se raidissant soudain, figé dans ce qui lui avait semblé être de l'hésitation, ne cessait de la torturer.

Avait-elle mal agi ? L'avait-elle déçu ? Tout cela s'avérait tellement nouveau pour elle. Comment pouvait-elle savoir si lui aussi avait apprécié ?

« J'aurais l'impression de coucher avec un cheval… » Les propos humiliants de Gavin lui traversèrent de nouveau l'esprit.

Non, cette fois-ci, les choses étaient différentes, songea-t-elle. Carlos l'avait désirée. Il l'avait désirée et elle… elle aussi, dès le premier instant.

Comment regretter une si merveilleuse initiation aux plaisirs du sexe ? Jamais elle n'aurait imaginé éprouver des sensations aussi intenses. Ce qu'elle avait lu et ce qu'on lui avait raconté paraissait bien fade en comparaison de ce qu'elle venait de vivre.

Une expérience pareille ne pouvait décevoir personne. Pas même Carlos…

Elle tressaillit. Comme s'il avait entendu son nom dans ses pensées, il venait de pousser un long soupir. Après quelques secondes, il roula sur le côté et s'allongea sur le dos à côté d'elle.

— Ça n'aurait jamais dû arriver, déclara-t-il froidement.

Ces mots lui firent l'effet d'une gifle, et son cœur se serra. Voilà qui répondait à sa question ! Si elle avait nourri quelque espoir de le savoir aussi comblé qu'elle, cette affirmation cinglante en sonnait le glas.

Certes, elle avait laissé de côté un élément important de la situation. Ce qui pour elle s'apparentait à une véritable révélation n'était pour Carlos qu'une expérience parmi d'autres. Ni meilleure, ni pire… quoique certainement pire.

Un homme de sa valeur ne devait rechercher que des partenaires qui l'égalaient en savoir-faire. Des femmes qui pouvaient lui donner autant qu'elle recevaient, pas une novice au bord de l'évanouissement au moment d'atteindre son premier orgasme.

— Je comprends que tu puisses être déçu, déclara-t-elle, la voix mal assurée.

Elle regretta aussitôt ses paroles qui trahissaient son manque d'assurance.

— Mais je ne t'ai pas vu montrer beaucoup de résistance, poursuivit-elle.

— Tu as raison…

Il se redressa brusquement et s'assit sur le bord du lit, lui tournant le dos. Quand il entreprit de retirer le préservatif, il s'aperçut qu'il était déchiré. Il secoua la tête, déçu et en colère contre lui-même.

— Je n'ai rien fait pour y résister. C'était une grossière erreur.

Elle se mordit la lèvre, tendant de refouler les larmes qui montaient. Avait-il idée de la souffrance qu'il lui infligeait en ce moment ? Comment pouvait-il qualifier de « grossière erreur » les moments merveilleux qu'ils venaient de partager ?

Non, elle n'allait certainement pas le laisser dire.

— J'ai voulu ce qui est arrivé…, déclara-t-elle, une pointe de défi dans la voix.

— Je ne le sais que trop ! coupa-t-il. Tu me l'as bien fait comprendre.

Il se frotta le visage et ramena en arrière ses longs cheveux de jais.

Déconcertée, elle regarda l'homme qui, quelques minutes plus tôt, lui avait fait connaître l'extase. Etait-il en colère contre lui-même ? Etait-il déçu de l'expérience avec elle ?

— Le problème c'est que je me suis fixé une règle de conduite. Et aujourd'hui, tu m'y as fait déroger, poursuivit-il.

— De quelle règle parles-tu ?

Elle fut parcourue d'un frisson quand il se leva pour lui faire face, une lueur sombre dans les yeux.

— Tu étais vierge, lança-t-il d'une voix qui trahissait un combat intérieur pour dominer ses émotions.

— Tu ne l'avais pas compris ?

Elle avait l'impression qu'on venait de verser de l'eau froide sur le feu qui s'était allumé en elle, la ramenant brutalement à la réalité.

— Et la robe blanche et le voile que je portais, continua-t-elle en désignant d'un geste irrité la tenue de soie qui gisait négligemment près d'elle, ils ne t'ont pas mis la puce à l'oreille ?

— La plupart des femmes se marient en blanc, sans se soucier de la symbolique que la tradition prête à cette couleur.

— Alors tu as préféré ne pas te fier au mode d'emploi ? demanda-t-elle avec une pointe de provocation.

— *¿ Qué ?*

— Tu pensais que je ne pouvais pas réellement me prévaloir de porter du blanc à mon mariage ?

Si seulement il avait pu penser à quoi que ce soit ! songea-t-il. Le parfum sensuel de cette femme l'avait littéralement envoûté quand il avait déchiré son volant de soie et avait déclenché en lui un désir intense et immédiat. Sans parler de son corps splendide, de ses courbes voluptueuses qui dégageaient une telle charge érotique. En cet instant encore, il devait lutter pour maîtriser ses émotions, que la passion de leur étreinte avait déchaînées. La saveur de ses baisers, la douceur obsédante de sa peau, le contact de ses mamelons roses sur sa langue avaient achevé d'anéantir en lui toute pensée cohérente. Autant dire que la question de savoir quel genre de femme elle pouvait être ne lui avait pas effleuré l'esprit une seule seconde.

Jamais il n'avait désiré une femme à ce point. Le fait qu'elle ait manifesté une ardeur semblable sans rien savoir de lui, sans que sa fortune personnelle joue en sa faveur, n'y était certainement pas étranger.

Mais en cet instant, il s'en voulait terriblement. Non seulement il avait trahi la règle qu'il s'imposait depuis toujours, mais il ne s'était pas aperçu à temps que le préservatif se déchirait durant leurs ébats.

Il sentit que la tête commençait à lui tourner. Cette erreur aurait des conséquences désastreuses sur sa vie.

Enfant, après le décès de son père et l'abandon de sa mère, il n'avait cessé de faire le même cauchemar.

Il se voyait allongé sur un lit, endormi, dans une pièce dont les murs se rapprochaient, menaçant de l'écraser durant son sommeil. Il éprouvait la même angoisse à présent. Il avait dix-huit ans la dernière fois que ce sentiment d'oppression l'avait envahi, et Ella, une autre satanée vierge…

— Pourquoi n'as-tu pas pensé que je pouvais être vierge ?

— De nos jours, la plupart des gens ont des relations sexuelles avant de consacrer leur union devant l'autel. Et tu ne te comportais pas à proprement parler comme une jeune effarouchée. Je n'ai pas douté une seconde que…

— Et si tu l'avais compris ?

Il respira profondément. S'il l'avait compris, il ne l'aurait jamais touchée. Il l'aurait mise dans un train ou un bus comme il avait envisagé de le faire dès leur arrivée en ville. Puis il aurait continué sa route, heureux de profiter de la liberté qui s'offrait à lui. Une liberté qu'il aurait préféré ne pas risquer pour une aventure d'une nuit, même si le brasier qui couvait encore en lui semblait lui prouver le contraire. Son corps tendu ressentait le désir d'une nouvelle étreinte. Mais le prix à payer était bien trop élevé.

Soudain, il avait l'impression que l'air lui manquait. Il se sentait pris au piège, et il ne pouvait s'en prendre qu'à lui-même. A dix-huit ans, il avait su s'imposer plus de retenue. Ce soir, emporté par son désir pour cette femme, il avait complètement perdu le contrôle de lui-même, oubliant les amères leçons du passé.

Mais elles lui revenaient à présent, plus douloureuses que jamais.

— Eh bien, c'est assez simple : je ne couche pas avec les vierges.

Elle en eut le souffle coupé. Le froid qu'elle avait ressenti plus tôt dans la journée n'était rien en comparaison de celui qui lui glaçait les veines. Les traits crispés de son amant et le pli amer qui creusait ses lèvres n'exprimaient que trop bien ce qu'il suggérait à demi-mot.

Elle l'avait déçu. Son inexpérience s'était trahie au point qu'il n'avait pas éprouvé le moindre plaisir avec elle.

« Il me suffira de m'étendre et de penser à tout cet argent… J'aurais l'impression de coucher avec un cheval. »

Toutes ses peurs lui revenaient en bloc.

— Tu veux bien m'expliquer pourquoi ? demanda-t-elle d'une voix troublée.

— Les vierges se cramponnent, déclara-t-il, catégorique.

— Et je suppose que tu ne souhaites pas qu'on s'accroche à toi ?

Il secoua vivement la tête.

— Je te l'ai déjà dit : je n'ai rien d'autre au monde que ce que j'ai sur moi et je ne désire rien de plus. Pas de relation, rien sur le long terme. Les vierges ont des étoiles qui brillent dans les yeux. Elles rêvent du prince charmant et d'un dénouement heureux.

Elle faillit s'étrangler, mais s'abstint de tout commentaire. La vierge qu'il avait rencontrée sur la route avait déjà perdu son regard innocent, et une seule leçon lui suffisait amplement.

Mais ces raisonnements étaient ceux de l'ancienne Martha. Celle qui avait atteint l'âge canonique des vingt-trois ans sans perdre sa virginité parce que sa vie ne lui appartenait pas. Celle qui avait accompagné sa mère dans la maladie. La jeune femme naïve qui avait envisagé une vie heureuse avec beaucoup d'enfants aux côtés de Gavin. Celle que ses illusions avaient rendue aveugle.

Elle s'était juré de laisser cette Martha derrière elle. Et — que le ciel lui vienne en aide ! — elle désirait cet homme.

Même en cet instant, elle sentait le pouvoir qu'il exerçait sur elle, l'excitation que sa simple présence suffisait à susciter en elle. Son long corps viril semblait emplir toute la pièce.

Dans la lumière de cette chambre d'hôtel, ses longs cheveux en désordre et le léger ombrage sur sa joue lui donnaient un air encore plus menaçant. Il ne lui avait jamais paru aussi dangereux et aussi séduisant à la fois.

Son parfum et l'odeur virile de son corps restaient collés à sa peau. Le goût de ses baisers imprégnait encore sa bouche, et il lui suffisait de passer sa langue sur ses lèvres pour réveiller la délicieuse brûlure qu'ils y avaient laissée. Elle n'avait jamais connu expérience plus excitante. Et elle en redemandait. Mais le visage fermé de son amant et l'éclat farouche dans ses yeux lui suggéraient de garder ses distances.

— C'est peut-être le cas de certaines, concéda-t-elle. Mais ce n'est pas ce que j'attends de toi. « Des navires qui passent dans la nuit », tu te souviens ? J'ai passé un bon moment mais… Que fais-tu ?

Il s'était relevé et rassemblait ses vêtements. Il lui lança un regard noir et déclara d'une voix calme qui la fit frissonner :

— Je m'habille.

Interdite, elle regarda l'homme qui avait pris sa virginité à peine quelques minutes auparavant s'empresser de remettre son jean. Elle avait l'impression que toute une vie s'était écoulée depuis ce moment magique.

— J'ai besoin de prendre l'air, ajouta-t-il.

— Très bien.

La hâte avec laquelle il se rhabillait, comme s'il souhaitait se protéger d'elle, la mettait au supplice. Mais elle mourrait plutôt que de laisser couler les larmes qui lui brûlaient les yeux. Les vierges se cramponnent, vraiment ?

Eh bien, qu'à cela ne tienne ! Elle allait lui prouver le contraire — du moins en ce qui la concernait. Elle avait déjà tourné le dos à un homme aujourd'hui, elle pouvait bien recommencer. Ou plus précisément laisser celui-ci s'éloigner.

S'il ne voulait pas d'elle, elle n'allait certainement pas le supplier…

Pourtant, elle ne doutait pas qu'il l'ait désirée, et avec une telle ardeur que le feu qu'il avait allumé en elle couvait encore, prêt à l'embraser de nouveau.

Mais il ne semblait en rester chez lui que des cendres froides. Dès lors, il était hors de question pour elle de s'humilier davantage pour le retenir.

Elle ramassa le T-shirt qui gisait au pied du lit et le lui tendit sèchement après l'avoir roulé en boule.

— Tu vas avoir besoin de ça, si tu as l'intention de sortir.

Le blouson de cuir subit le même traitement.

— Et de ça aussi.

— *Gracias*, dit-il sur un ton plein d'ironie avant d'ajouter en remontant la fermeture Eclair de son blouson : mademoiselle Jones.

Elle sentit une colère sourde s'emparer d'elle. Mlle Jones. Le diable et Mlle Jones. Deux personnes fictives qui s'étaient croisées brièvement dans la nuit.

Il ne désirait pas connaître son vrai nom, sa vraie personnalité. Leur rencontre avait eu lieu en dehors du temps et se terminait déjà. Mais elle n'allait pas en souffrir. Il fallait qu'elle en finisse le plus vite possible.

— Encore ici ? demanda-t-elle froidement en soutenant son regard. Je croyais que tu voulais prendre l'air.

Les traits de Carlos n'exprimaient plus que de l'impatience et du mépris. Il semblait ne plus pouvoir tolérer sa présence dans la pièce. Sa mère avait eu raison d'affirmer que les hommes disparaissaient après avoir obtenu ce qu'ils voulaient. Son père n'avait rien fait d'autre que de se conformer à cette règle générale.

— Au revoir, *Señor* Diablo, lança-t-elle en lui tournant le dos.

Allait-il réellement partir ? Bouleversée par les émotions intenses qui l'assaillaient, elle lutta pour recouvrer son calme. S'il la mettait au défi, s'il voulait prouver qu'elle agirait comme toutes les autres et se cramponnerait à lui, alors il n'allait pas être déçu.

Il pouvait bien partir, elle n'aurait pas un seul mot pour le retenir.

Elle serra les dents et attendit, les bras croisés, s'efforçant de ne pas prêter attention aux bruits qui lui parvenaient. Le brusque claquement de la porte lui annonça qu'elle était désormais seule dans la chambre.

Elle se laissa tomber sur le lit et poussa un profond soupir. Et maintenant, que faire ?

« Les vierges se cramponnent. » Les paroles de Carlos lui tournaient inlassablement dans la tête. S'il avait su qu'elle n'avait jamais eu d'amant, rien de tout cela ne serait arrivé, se répéta-t-elle. Il ne voulait pas coucher avec une vierge ; il n'avait pas voulu lui prendre son innocence. Il était à présent persuadé qu'elle voulait s'accrocher à lui.

Elle soupira.

De nouveau, elle n'avait pas le choix. Désormais, la seule option qui s'offrait à elle était de sortir de sa vie et de le laisser en paix, même si ce mot ne paraissait pas caractériser au mieux la vie de Carlos en ce moment.

« N'avez-vous pas un travail… une maison… une famille qui tiendrait à vous ? », lui avait-elle demandé. Un rire sombre et amer avait accompagné sa réponse : « Je n'ai rien d'autre que ce que vous voyez en cet instant. »

Pour tout cela, elle ne pouvait lui être d'aucune aide. Mais elle lui montrerait au moins que certaines personnes ne voulaient rien lui imposer, qu'elles pouvaient dire vrai en affirmant qu'elles n'attendaient rien de lui.

Elle n'était pas de celles qui se cramponnent, et elle était bien décidée à le lui prouver.

Elle n'avait rien voulu de plus que ce qu'il était disposé à offrir. N'avait-il pas comparé leur rencontre à celle de navires se croisant dans la nuit ?

Or, la nuit qu'ils venaient de passer ensemble avait pris fin. Elle n'avait nullement l'intention d'attendre son retour. Elle ne supporterait pas de voir de nouveau le mépris sur son visage. Alors, avant de changer d'avis, elle se leva et rassembla ses affaires.

5.

Quatre mois plus tard.

En entendant le vrombissement d'un hélicoptère, Martha se précipita à la porte de l'estancia. L'appareil se posait avec douceur à prudente distance de la demeure, soulevant des tourbillons de poussière et agitant les branches des arbres alentour.

L'atterrissage révélait une telle maîtrise de la manœuvre de vol que la présence de l'imposante machine ne causa qu'une faible agitation parmi les chevaux de polo qui paissaient non loin de là.

Manifestement le pilote ne devait pas en être à son premier essai.

— Votre invité vient d'arriver, Javier, annonça-t-elle en se retournant vers le vieil homme en chaise roulante qui s'approchait.

— J'avais entendu.

Javier Ortega se plaça à hauteur de l'une des fenêtres qui encadraient la porte d'entrée et regarda les pales de l'hélicoptère ralentir progressivement, puis s'immobiliser.

Il hocha silencieusement la tête, approbateur.

— Il va rester quelque temps, déclara-t-il dans un

anglais soigné, mais marqué par un fort accent. Je suppose que sa chambre est prête ?

— Bien sûr, répondit Martha avec un sourire attendri.

Elle se souvint que le vieil homme avait beaucoup insisté pour que son invité dispose d'une chambre particulière.

— Vos recommandations ont été suivies à la lettre, reprit-elle. Je m'en suis personnellement chargée.

La facilité avec laquelle elle s'était adaptée à la vie du ranch ne cessait de l'étonner.

El Cielo. Le ciel ! pensa-t-elle en regardant, émerveillée, le paysage alentour. Un nom qui qualifiait à merveille cet endroit où l'azur du ciel surplombait de vastes pâturages qui se déployaient jusqu'aux premiers contreforts de la majestueuse cordillère des Andes.

Sur sa droite, elle apercevait les eaux calmes du lac, immobiles dans le silence naissant de cette fin d'après-midi. Ce véritable paradis sur terre s'était avéré être le refuge idéal quand, par un caprice du destin, sa vie avait connu un autre bouleversement.

Les yeux fixés sur l'hélicoptère, elle revoyait cette petite chambre d'hôtel où elle avait partagé quelques heures de passion avec cet homme qui avait prétendu s'appeler Carlos Diablo. Après le départ de celui-ci, elle s'était préparée à partir à son tour, mais s'était rendu compte qu'elle ne pouvait décemment pas quitter l'hôtel dans sa robe de mariée déchirée et maculée de boue.

Elle avait alors fouillé le sac que Carlos avait laissé dans la chambre et y avait trouvé un T-shirt propre et un pantalon de survêtement. Elle y avait déniché aussi un portefeuille en toile. La curiosité l'emportant, elle n'avait pas pu résister et en avait sorti le passeport.

Sur la photographie qui n'était pas très récente, Carlos lui avait paru plus jeune, plus ouvert, plus heureux peut-être. Son visage ne portait pas encore les fines rides qui étaient apparues depuis sur son front.

Elle s'était dit alors que la raison qui l'avait poussé à fuir l'Argentine devait probablement être la cause de ce profond changement chez lui.

Puis, le nom inscrit sur le passeport lui avait sauté aux yeux. Carlos Diablo se nommait en réalité Carlos Ortega. Il lui avait caché sa véritable identité, tout comme il n'avait pas cherché à découvrir la sienne.

Ce qui signifiait qu'il n'avait jamais considéré leur relation autrement que comme une aventure d'une nuit.

En compulsant le document officiel, elle avait trouvé des informations sur ses proches parents. Javier Ortega, le grand-père de Carlos, y était mentionné, ainsi que le lieu-dit d'El Cielo qui complétait son adresse. Ce nom lui avait tout de suite évoqué un endroit magnifique.

Mais Carlos lui ayant confié qu'il n'avait plus de famille, elle avait supposé que son grand-père était mort. Elle n'avait rien découvert de plus.

Quelques mois plus tard, elle avait cherché en vain une adresse postale ou internet au nom de Carlos, ou encore un numéro de téléphone personnel grâce auxquels elle aurait pu prendre contact avec cet homme qui avait surgi dans sa vie si brièvement pour la transformer à jamais.

Un homme qu'elle n'avait pas réussi à oublier. Elle s'était alors souvenue du nom du ranch de Javier Ortega.

El Cielo. La première fois qu'elle avait vu cette immense demeure aux murs blancs et terracotta, elle n'aurait jamais imaginé qu'elle la considérerait un jour comme son foyer. Un foyer pour elle et le bébé qu'elle portait dans son ventre et qui allait bientôt naître.

Elle posa sa main sur son ample tunique blanche au niveau du renflement discret de son ventre, dans lequel grandissait le bébé de Carlos, conçu lors de leur unique nuit de passion.

Elle avait découvert sa grossesse quelques semaines à peine après être arrivée en Argentine, le pays natal du père de son enfant.

Un signe ?

Quand ses recherches pour retrouver Carlos avaient échoué, elle avait néanmoins maintenu son projet de partir en Argentine.

A ce moment-là, elle ignorait qu'elle était enceinte. Les premiers temps, elle avait imputé les irrégularités de son cycle aux bouleversements récents survenus dans sa vie, sa richesse soudaine, ainsi que la trahison de Gavin.

Mais une fois la grossesse avérée, elle avait été tour à tour choquée, abasourdie et transportée de joie. Elle avait alors toute sa vie à reconstruire et se cherchait une nouvelle direction. La nouvelle de sa grossesse était arrivée à point nommé : un être à chérir et à protéger.

Néanmoins, elle avait estimé qu'il était de son devoir d'informer Carlos de sa grossesse. Elle connaissait trop la souffrance occasionnée par l'absence d'un père, et elle ne souhaitait pour rien au monde infliger à son enfant une épreuve aussi terrible.

Mais sa gorge se serrait à l'idée d'annoncer à Carlos sa paternité. Il ne voudrait sans aucun doute rien savoir de son enfant.

« Rien sur du long terme. » Le souvenir de sa voix demeurait si vif en elle… Mais il avait le droit de savoir qu'elle portait son enfant, et cela supposait dans un premier temps de le retrouver, puis de trouver un moyen de le lui dire.

— Ce n'est peut-être pas lui, je ne vois personne d'autre que le pilote dans le cockpit.

— C'est bien lui, confirma le vieil homme. Il pilote lui-même son hélicoptère. Dire que j'aurais pu aller l'accueillir sans cette maudite chaise roulante !

— Il sera là dans un instant, le rassura-t-elle, habituée à la frustration et aux mouvements d'humeur que le handicap suscitait chez Javier Ortega.

Elle avait joué de malchance quand, tout juste arrivée à El Cielo sur l'invitation de Javier, ce dernier était tombé assez gravement malade.

Elle s'était tout de suite prise d'affection pour ce vieil homme bourru et esseulé dont la fierté l'empêchait d'admettre qu'il avait besoin de quelqu'un. Après son attaque, elle lui avait rendu visite à l'hôpital pour lui apporter quelques effets personnels, et lorsqu'il était rentré au ranch, il lui avait demandé de rester.

Ses habitudes de garde-malade lui étaient vite revenues, et elle devait reconnaître qu'elle était heureuse de s'occuper de cet homme attachant.

Bien sûr, elle se disait parfois qu'elle restait aussi au ranch, dans ce lieu où Carlos avait vécu et où il avait tant de souvenirs, pour se rapprocher de ce dernier. Mais elle s'efforçait de repousser cette pensée.

Non. Seul son devoir envers Carlos et l'enfant la poussait à vouloir lui apprendre sa grossesse. Elle n'avait pas le moindre espoir qu'il veuille construire une relation avec elle ou avec l'enfant.

Mais qu'importe. Elle pouvait tout à fait se débrouiller seule : l'argent dont elle disposait suffisait largement à offrir une vie confortable à son enfant.

Elle porta sa main en visière pour se protéger de la lumière du soleil déclinant. Elle vit alors la porte de l'hélicoptère s'ouvrir. Une haute silhouette masculine en émergea, sautant à terre avec adresse.

Bien que la distance ne lui permît pas de distinguer

son visage, quelque chose dans sa gestuelle déclencha en elle des souvenirs qu'elle croyait bien enfouis.

Carlos !

Elle vacilla sous le coup de l'émotion.

— Je vais voir où en est le repas, balbutia-t-elle.

Arrivée dans la vaste et moderne cuisine du ranch, elle vérifia la cuisson du rôti et des légumes et s'assura que le vin rouge avait été mis à décanter dans une carafe.

Rien ne justifiait sa présence dans cette pièce, si ce n'est le besoin soudain de fuir les émotions qui l'avaient assaillie quand elle avait aperçu Carlos.

Mon Dieu, elle était si ridicule…

— Mon… Javier m'a chargé de vous prier de vous joindre à nous au lieu de vous cacher ici, fit une voix derrière elle.

Elle sentit un frisson glacé la parcourir. Cette voix…

Cette voix avait hanté ses rêves, la réveillant en pleine nuit dans des draps froissés, les joues ruisselant de larmes.

Cette voix avait hanté ses souvenirs et son imagination. Mais jamais Martha n'aurait cru qu'elle l'entendrait de nouveau un jour.

Javier lui avait promis qu'il allait tout mettre en œuvre pour retrouver la trace de son petit-fils.

Jamais elle n'avait imaginé que « l'invité » dont il lui avait parlé soit Carlos lui-même.

— M'avez-vous entendu ? demanda sèchement Carlos.

Elle sentit son cœur se serrer. Il ne l'avait pas reconnue. Mais comment l'aurait-il pu ? Comment se douter que la femme à laquelle il n'avait pas révélé sa véritable identité puisse se trouver en ce lieu ? Il n'avait jamais cherché à la revoir…

Non, il ne fallait pas qu'elle cède au sanglot qui menaçait de la secouer tout entière.

— *Señorita*, fit-il d'une voix qui trahissait son impatience.

— Je t'ai... souffla-t-elle en se retournant vivement pour lui faire face.

Elle se retrouva nez à nez avec lui. Elle ne l'avait pas entendu se rapprocher. A présent, ils ne se trouvaient qu'à quelques centimètres l'un de l'autre, et sa chaleur, son odeur l'enveloppaient déjà.

Elle dut se faire violence pour baisser les yeux et ne pas regarder ce visage si beau dont les traits virils devaient sans doute exprimer colère et dégoût.

Les muscles puissants de son torse, que ses doigts avaient parcourus avec tant de délices, se dessinaient sous un T-shirt blanc immaculé. Sur ses larges épaules, il portait le même vieux blouson de cuir que lors de leur rencontre.

— Je t'ai entendu, articula-t-elle avec difficulté sans oser lever les yeux.

Elle perçut le moment précis où il la reconnut : tout son corps se contracta, et sa respiration se fit plus saccadée.

— Toi ! Que diable fais-tu ici ?

Elle tressaillit. Si elle avait nourri le moindre espoir quant à l'accueil qu'il lui ferait, ses paroles brutales venaient d'y mettre fin.

— Je... Ton grand-père m'a invitée.

Comme si elle avait touché du doigt une blessure, elle vit les traits de Carlos se crisper et sa mâchoire se contracter.

— Je l'aurais parié, déclara-t-il. Il a toujours eu un faible pour les jolis minois, et les femmes ne manquent jamais l'occasion d'en tirer profit. Mais comment as-tu trouvé cet endroit ?

— L'adresse figurait sur ton passeport…

— Oui, bien sûr, mon passeport, répondit-il, une note de mépris dans la voix. Tu n'as pas hésité à fouiller dans mes affaires… et tu ne t'es pas gênée pour en voler certaines, si je me souviens bien.

— Je n'ai rien volé du tout ! protesta-t-elle dans un sursaut.

Elle avait emporté les vêtements en Argentine au cas où elle aurait pu les lui rendre. Ils attendaient dans sa chambre, lavés et repassés avec soin.

— Non, tu ne m'as rien volé, tu as juste emprunté des affaires, n'est-ce pas ? ironisa-t-il en hochant la tête. Je suppose que tu as toujours eu l'intention de me rendre les affaires que tu m'avais empruntées.

Troublée et confuse, elle ne parvenait pas à comprendre le sous-entendu qu'elle devinait pourtant dans ses paroles acerbes.

— En effet ! Je n'ai jamais volé personne et…

— Et c'est la raison pour laquelle tu es ici, n'est-ce pas ? Tu as fait ce long voyage dans le seul but de me rendre mes vêtements. Ce qui expliquerait et justifierait, bien sûr, le fait que tu te sois permis d'assouvir ta curiosité en ouvrant mon passeport.

— Je ne pouvais pas quitter l'hôtel dans ma robe de mariée ! répliqua-t-elle. Quant à ton passeport… eh bien, tu ne m'avais pas donné ton vrai nom.

— Et cela déplaisait à une certaine… *mademoiselle Jones* ? railla-t-il.

— D'accord, je ne t'ai pas donné le mien non plus ! Mais si je t'ai caché ma véritable identité, c'est parce…

« Parce que tu ne le voulais pas, songea-t-elle. Parce

que, pour toi, notre rencontre se devait d'être brève comme celle de deux navires se croisant dans la nuit. »

Mon Dieu, comme cette pensée la faisait souffrir. Elle aurait tant aimé qu'il montre de l'intérêt pour elle. Autre chose que cette ardente passion qui l'avait emporté cette nuit-là.

Il n'avait probablement jamais repensé à elle depuis. Ses yeux n'exprimaient rien d'autre que de l'agacement et de la méfiance.

Elle, en revanche, n'avait cessé de penser à lui…

— Parce que ce n'était pas le genre de relation que nous recherchions. « Le futur ne m'intéresse pas », lui lança-t-il. « Tout ce qui compte, c'est l'instant présent. »

Il l'avait crue sincère. Il avait aussi cru que ce genre de relation lui conviendrait.

Leur rencontre avait été celle de deux âmes perdues, à la dérive, errant dans un monde qui leur était devenu hostile. Ils n'avaient rien eu à partager que la chaleur de leur corps et ce désir brutal qui les avait tous les deux submergés.

Un désir si intense qu'il lui avait fait perdre le contrôle de lui-même et oublier les principes qui régissaient sa vie.

Il s'en était voulu de son comportement irresponsable. Il ne valait pas mieux que l'adolescent travaillé par ses hormones qu'il avait été un jour. Il n'avait pas prêté assez d'attention au préservatif qui aurait dû les protéger, mais qui avait fini par se déchirer durant l'orgasme.

Quand il avait pris conscience de sa négligence, il s'en était terriblement voulu. Furieux contre lui-même, il avait préféré quitter la chambre, prendre l'air pour tenter de remettre ses idées en ordre avant de retourner lui parler.

Car il avait souhaité lui parler, afin de comprendre comment ils avaient réussi à créer entre eux un lien si fort dans un laps de temps aussi court. Il avait même cru que, compte tenu du bouleversement qu'elle venait de connaître dans sa vie, elle aurait pu se représenter l'épreuve qu'il avait traversée.

Il s'était surpris à désirer passer la soirée en sa compagnie…

Car cette rencontre incongrue entre Mlle Jones et Carlos Diablo ne manquait pas de piquant. Une rencontre dénuée de préjugés, une rencontre authentique. Loin des apparences et des calculs mesquins.

Son amante n'avait pas semblé reconnaître en lui l'héritier de la puissante famille Ortega, pas plus que le richissime champion de polo réputé dans le monde entier pour son haras.

Après toutes ces années passées à ne voir briller que l'attrait de l'argent dans l'œil de ses conquêtes féminines, la sincérité de la passion qu'il venait de vivre avec Mlle Jones l'avait réjoui.

Il avait même songé à reconsidérer sérieusement la règle de conduite qu'il s'était imposée concernant les jeunes femmes vierges. Une règle peut-être aussi obsolète que son nom et son héritage dans la vie qui était désormais devenue la sienne.

Tandis qu'il regagnait l'hôtel, la perspective de passer une nuit — peut-être plus — dans les bras ardents de cette femme au corps si voluptueux faisait battre furieusement son sang dans ses veines.

Mais à son retour, il n'y avait plus de trace d'elle. Elle avait disparu. Dans un coin de la chambre, il avait trouvé la robe de mariée, seule trace qu'elle avait laissée de son passage.

Sans compter l'argent. Une liasse de billets posée en

évidence sur le lit. A ce souvenir, il sentit monter en lui le même mélange de colère et d'incompréhension qui l'avait envahi ce soir-là.

— Tu m'as laissé de l'argent !

Interdite, Martha le fixa de ses grands yeux gris.

— Bien sûr.

— Pourquoi ?

Il avait eu du mal à croire qu'elle ait pu tourner les talons et partir sans un mot. Pourtant, elle avait quitté sa vie aussi mystérieusement qu'elle y était entrée.

Sans le moindre indice sur sa destination éventuelle ni sa véritable identité. Mais ne devait-il pas s'en prendre qu'à lui-même ?

— A ton avis ? répliqua-t-elle.

— En rétribution de quelques menus services rendus, j'imagine ? suggéra-t-il sur un ton qu'il aurait voulu désinvolte.

Non, il ne devait rien laisser paraître de ses émotions, songea-t-il. L'humour dont il avait tenté de draper son reproche ne l'avait pas convaincu lui-même.

Cependant, il ne pouvait nier que le fait que cette femme l'ait cherché jusqu'à El Cielo, qu'elle soit parvenue à trouver le Carlos Ortega qu'il s'était efforcé de lui cacher, le troublait profondément.

— Pardon ? Oh ! ne sois pas ridicule ! Je pensais simplement que tu avais besoin d'argent pour payer la chambre d'hôtel. Mais cela aussi, c'était un mensonge. Un mensonge de plus…

Désemparé, en proie à des émotions contradictoires, il ne savait plus que penser. Il n'avait quand même pas perdu l'esprit au point de la croire sur parole ?

Cette femme avait fouillé dans ses affaires, trouvé son passeport et découvert l'adresse du ranch où il avait autrefois vécu.

Il lui avait ensuite suffi de quelques clics sur internet pour en savoir plus. Décidément, elle ne valait pas mieux que toutes les autres, toutes ces femmes qu'il avait connues avant elle et qui n'en avaient eu qu'après son argent.

Elle réapparaissait maintenant sans crier gare. Elle s'était immiscée dans sa vie et dans celle de Javier, vulnérable, diminué après son attaque.

Et elle osait le traiter, lui, de menteur ! Que cherchait-elle exactement ?

— En quoi t'ai-je menti ?

La proximité de ce corps magnifique dont il connaissait la moindre parcelle l'enflammait. Il se sentait incapable de réfléchir.

Elle s'était fait couper les cheveux en un carré plongeant qui mettait en valeur la ravissante courbe de sa nuque et la ligne élégante de son cou gracile. Sa peau avait pris une teinte dorée sous le soleil de l'Argentine, et ses fascinants yeux gris en paraissaient comme agrandis. La rondeur généreuse de sa poitrine et la courbe superbe de ses hanches laissaient penser qu'elle avait pris un peu de poids depuis leur dernière rencontre.

Et ce parfum charnel qui avait causé sa perte quelques mois auparavant captivait de nouveau tous ses sens comme une véritable drogue.

Elle paraissait différente. Que lui était-il arrivé au cours de ces quatre mois ?

Son bronzage et sa nouvelle coupe de cheveux ne suffisaient pas à expliquer le changement qui semblait s'être opéré en elle.

Quelque chose ou quelqu'un en était la cause. Un autre homme, peut-être ?

— Tu prétendais n'avoir pas d'argent… « Le vin

et les chevaux. » Tu avais oublié d'évoquer ton haras et ton vignoble. « Je n'ai plus rien d'autre au monde que ce que vous voyez en cet instant… »

— Je ne t'ai pas menti. Je n'avais rien d'autre sur moi à ce moment-là. Admets toi-même que tu ne m'as pas donné non plus beaucoup d'informations sur toi…

Il s'interrompit brusquement. Le petit jeu de cache-cache derrière des pseudonymes romanesques ne l'avait charmé que durant ce moment invraisemblable et hors du temps qu'ils avaient partagé.

Il perdait tout son sens dans la réalité du quotidien. En retournant à l'hôtel, il avait d'ailleurs eu l'intention de commencer par lui demander son vrai nom.

— Quel est ton vrai nom ? Je ne peux pas continuer à t'appeler « mademoiselle Jones ».

— Et pourquoi pas ? Ça vaut bien « Carlos Diablo ». Si je n'avais pas ouvert ton passeport, je n'aurais jamais connu ta véritable identité. C'était d'ailleurs ce que tu souhaitais, n'est-ce pas ?

— Je ne crois pas que tu aies manifesté le désir de la connaître.

— Je me trouvais dans une situation désespérée, et tu le savais. Et tu n'as pas hésité à me donner un nom inventé de toutes pièces.

— Pas du tout. Diablo est mon deuxième prénom. Carlos Diablo Ortega.

Ortega !

Il avait porté ce nom de famille avec fierté toute sa vie. Aussi, quand il avait appris qu'on lui avait menti sur l'identité de son père, il avait soudain eu l'impression de perdre son nom et, avec, son histoire.

Javier Ortega, l'homme le plus important de sa vie, celui qu'il avait cru être son grand-père, l'avait jeté dehors, lui tournant le dos du jour au lendemain. Sans un mot. Sans une explication.

Connaissant l'opiniâtreté du vieil homme et ses principes, l'invitation qu'il avait reçue hier de sa part était donc des plus surprenantes.

Mais la présence de cette femme ici expliquait certainement ce revirement soudain.

— Quoi qu'il en soit, ce n'est pas ton vrai nom. Mais je suppose que cela te satisfaisait, puisque ta seule intention était bel et bien de partir sans te retourner et de m'abandonner après m'avoir séduite.

— N'oublie pas que tu as eu ta part dans ce jeu de séduction entre nous. On ne peut pas dire que tu te sois comportée comme une victime. Et je te rappelle que tu as toi aussi fait un pas vers la sortie.

— Evidemment ! Tu ne te figurais quand même pas que j'allais rester sagement à attendre dans la chambre que tu daignes revenir ?

— Pour tout te dire, si.

— Je ne vois pas ce qui t'aurait permis de le penser. L'un comme l'autre, nous étions d'accord pour ne pas nous engager dans une relation. Je ne peux nier que ce que nous avons vécu ensemble m'a plu, mais en partie justement parce que cela n'était pas amené à durer. J'estime qu'à présent nous ne nous devons rien.

— Pas même un nom ?

Il s'interrompit en entendant Javier approcher sur sa chaise roulante.

A son arrivée au ranch, la vue du vieil homme sur sa chaise l'avait terriblement bouleversé. Comme il s'était régulièrement tenu informé de la santé de son grand-père, il avait appris que Javier avait eu une attaque assez sérieuse. Mais jusqu'à aujourd'hui, il n'en avait pas soupçonné la gravité.

— Maria ? fit Javier d'un ton revêche. Pensez-vous que nous allons pouvoir passer à table un jour, ou avez-vous décidé de rester toute la soirée dans la cuisine ?

— C'est presque prêt, lui assura-t-elle en lui adressant un sourire affectueux.

Stupéfait, Carlos vit le visage renfrogné du vieil homme s'adoucir sur-le-champ, et une lueur bienveillante passer dans ses yeux humides et usés par le soleil d'Argentine.

— Je n'en ai que pour quelques minutes. Pourquoi n'accompagneriez-vous pas Carlos dans la salle à manger ? répondit-elle.

Elle se tourna alors vers Carlos.

— Pendant ce temps, auriez-vous l'obligeance de lui servir un verre ?

— Bien entendu.

Il ne parvenait pas à croire à la facilité avec laquelle elle venait d'apaiser le vieil homme bourru qui manœuvrait déjà sa chaise roulante en direction de la salle à manger.

Cela faisait bien longtemps qu'il n'avait plus vu pareille expression sur le visage de Javier…

Il sentit son cœur se serrer.

— Maria ?

— En réalité, c'est Martha, précisa-t-elle sèchement en enfilant des gants de cuisine. Mais Javier le prononce à sa manière.

— Martha Jones alors, si l'on considère que tu ne m'as pas menti sur ton nom ?

— Je n'aurais jamais fait ça. Certes, je ne t'ai donné que mon nom, mais moi, du moins, je n'ai pas menti.

— Je ne t'ai dit que la vérité !

De nouveau, il sentait qu'il perdait le contrôle de

lui-même. Mais l'accusation de Martha ne suffisait pas à expliquer le soudain bouillonnement de ses sens.

Elle s'était penchée au-dessus du four, et le mouvement de sa poitrine avait porté une telle charge érotique qu'il avait immédiatement senti son corps réagir sans la moindre ambiguïté.

— Diablo… Ortega ? railla-t-elle.

— C'est assez compliqué.

Compliqué et personnel. Si personnel qu'il ne souhaitait pas en parler avec elle. Du moins pas maintenant.

Après tout, il ignorait encore tout d'elle. Dire qu'à l'hôtel, l'idée l'avait effleuré de se confier à cette femme qu'il ne connaissait pas…

A cet instant, la voix de Javier leur parvint du couloir.

— Est-ce que tu vas enfin te décider à venir prendre ce verre avec moi ?

— J'arrive, *Ab*…

Au prix d'un gros effort sur lui, Carlos ravala les dernières syllabes du mot signifiant « grand-père » en espagnol. *Abuelo*… un mot si chargé d'émotions pour lui, et qu'il ne devait plus employer désormais.

— J'arrive, rectifia-t-il.

Il allait se comporter le plus naturellement possible et attendre. Attendre de connaître la raison pour laquelle on l'avait convié aujourd'hui.

Il ne pouvait nier que le coup de fil de Javier et son invitation inattendue avaient éveillé en lui l'espoir fou d'une réconciliation.

A défaut d'être le bienvenu, au moins l'autorisait-on à revenir dans cette maison qu'il avait toujours considérée comme son foyer et au sein de la seule famille qu'il ait jamais connue.

Pourtant, à peine arrivé, il ne pouvait s'empêcher de se sentir déçu, sans trop savoir pourquoi.

Il jeta un regard derrière lui, et son cœur se serra. Martha s'affairait dans la cuisine. Elle donnait l'impression d'être chez elle, de participer à ce quotidien dont on l'avait exclu.

A une époque, personne d'autre que lui n'aurait endossé ce rôle. Il lui semblait qu'on avait usurpé sa place. L'ironie du sort voulait que ce soit la femme avec laquelle il avait connu ce moment intense de passion en Angleterre.

Que cherchait-elle au juste ?

Il semblait évident que seul l'argent motivait sa présence ici. En enquêtant sur lui, elle avait découvert son lien avec l'immense fortune des Ortega.

Fortune qui avait attiré cette Mlle Jones — cette vulgaire croqueuse de diamants — jusqu'au bout du monde, en Argentine, à la recherche de celui qu'elle croyait l'héritier de ce fabuleux patrimoine.

La trahison de sa mère envers son propre mari et Javier ne suffisait-elle donc pas ? Fallait-il que, par sa faute, le vieil homme tombe dans les griffes d'une autre prédatrice ?

Une colère sourde monta en lui, en même temps qu'un profond sentiment de mépris envers lui-même.

Il n'avait plus qu'une chose à faire : assumer les conséquences de ses actes.

Il déboucha une bouteille fraîche de torrontès, un vin blanc produit dans la région de Cafayate. Dans la cuisine, Martha s'affairait. Elle n'avait pas cessé de fuir son regard, aussi nerveuse qu'un chat sur un toit brûlant. De toute évidence, elle lui cachait quelque chose.

Mais il était déterminé à tirer les choses au clair. Il trouverait bien ensuite un moyen de l'éloigner d'El Cielo.

6.

Depuis son arrivée au ranch et la fin de ses nausées matinales, Martha avait pris l'habitude de profiter des moments de liberté qui précédaient le réveil de Javier pour nager un peu.

Dans le silence des premières heures du jour, elle se rendait jusqu'à la magnifique piscine extérieure qui, surplombant le lac, semblait s'avancer jusque dans ses eaux lacustres. Elle s'autorisait quelques longueurs avant que le soleil et la chaleur deviennent accablants.

Après le dîner tendu de la veille, elle n'avait pas réussi à trouver le sommeil de la nuit, s'agitant dans son lit, en proie à une incontrôlable angoisse.

Abandonnant l'idée de dormir, elle s'était levée avec l'aube et, traversant discrètement la maison, avait descendu les quelques marches qui conduisaient à la piscine.

La fraîcheur de l'eau avait soulagé son corps brûlant éprouvé par une nuit d'angoisse. A présent, sa fatigue se dissipait progressivement au rythme de la nage.

Elle allait tout lui révéler aujourd'hui, songea-t-elle en s'appliquant à faire des mouvements lents et réguliers. Et advienne que pourra : elle ne pourrait pas endurer une autre nuit comme celle-là.

Elle devait avouer à Carlos la raison de sa présence

ici, retirer ce poids de ses épaules. Elle pourrait ensuite songer au futur, regarder devant elle et préparer la venue au monde de son enfant.

L'arrivée inattendue de Carlos hier l'avait profondément troublée. Javier avait sans doute pensé bien faire en l'invitant sans la prévenir.

Le vieil homme avait très tôt appris sa grossesse. Un jour où la chaleur était particulièrement accablante, elle avait eu un malaise, et il avait insisté pour appeler le médecin.

A la suite de cet incident, il avait promis de lui trouver une adresse ou un numéro de téléphone où joindre Carlos. Mais pas de la confronter au père de l'enfant qu'elle portait !

Au moins lui avait-il promis de ne rien révéler à Carlos et de la laisser lui annoncer elle-même la nouvelle. Cependant, plusieurs fois lors du dîner de la veille, elle avait dû lui lancer des regards désespérés, tant il lui avait semblé sur le point de tout révéler.

— L'eau est-elle bonne ? fit une voix qui semblait tomber tout droit du ciel.

— Pardon ?

Surprise, elle commença à s'agiter dans l'eau, ses mouvements désordonnés provoquant des remous et des éclaboussures qui lui brouillèrent la vue. Mais elle n'avait pas besoin de ses yeux pour vérifier.

Gravée dans sa mémoire, cette voix profonde lui disait que l'objet de ses pensées, Carlos lui-même, se tenait sur le bord de la piscine.

Quand elle l'aperçut enfin, elle sentit tout son corps se tendre d'instinct vers lui. Il avait l'air de sortir tout juste du lit.

Il n'avait pas pris la peine de passer un peigne dans ses épais cheveux noirs, dont le désordre contrastait avec le soin habituel qu'il portait à sa coiffure. Ce séduisant abandon, accentué par sa barbe naissante, le rendait encore plus attirant.

Sa large silhouette se découpait sur le bleu intense du ciel, force sombre et despotique malgré le ton amène de sa voix.

— Un régal, articula-t-elle avec peine en remarquant le renflement de son sexe sous le maillot de bain bleu marine.

— Je n'en doute pas, murmura-t-il avec une sorte de sécheresse dans la voix qui la fit frémir.

— Qu'est-ce que tu entends par là, au juste ? riposta-t-elle d'un ton acerbe.

Elle regretta immédiatement ses paroles malheureuses. Elle devait prendre des gants avec lui pour lui annoncer sa grossesse.

Mais l'indifférence et l'étonnement sur son visage la rassurèrent.

— Simplement que cette vie luxueuse à El Cielo doit te paraître bien appréciable en comparaison de celle que tu mènes en temps normal.

— Tu ne sais rien de ma vie…

— Tu m'as pourtant confié que ton père t'avait abandonnée avant ta naissance et que tu avais passé ces dernières années à t'occuper de ta mère. Je suppose que ça n'a pas dû être facile et que vous avez connu des difficultés d'argent.

Elle se sentit soudain très vulnérable. Ainsi, il se souvenait de ce qu'elle lui avait confié durant leur brève conversation sur la lande !

Sa haute silhouette semblait à présent la dominer d'une façon inquiétante.

— C'est vrai, avoua-t-elle.

— Et maintenant ?

— Je… me débrouille.

— Mais tu as certainement engagé des frais pour le mariage, même s'il n'a pas eu lieu ?

Abasourdie, elle s'efforça cependant de dissimuler son étonnement.

— Effectivement. Mais j'avais vendu l'appartement dans lequel je vivais avec ma mère dans l'intention d'acheter une maison avec mon ex-fiancé.

Ce n'était pas toute la vérité. Mais elle ne se sentait pas encore prête à tout lui révéler.

L'argent qu'elle avait gagné à la loterie lui avait permis de régler tous les problèmes liés à l'annulation du mariage. Il lui avait suffi de payer l'organisatrice pour qu'elle se charge de tout à sa place. Elle n'avait jamais voulu remettre les pieds au manoir, ni revoir Gavin ou la demoiselle d'honneur qui l'avait trahie.

— Plus rien ne me retenait là-bas. Alors je suis partie.

— Comment vos proches ont-ils réagi à l'annulation du mariage ?

— Mieux que je ne l'aurais cru. Beaucoup semblaient déjà être au courant des travers de Gavin. Ce ne fut donc pas une surprise. Seuls quelques invités se sont étonnés que je ne me présente pas devant l'autel.

Elle avait l'impression de parler de la vie d'une autre et d'événements très lointains, qui n'étaient pas même des souvenirs pour elle.

Alors que les quelques heures partagées avec lui, Carlos, demeuraient gravées dans sa mémoire et repassaient devant ses yeux toutes les nuits.

— Tu ne regrettes pas ?

Le menton relevé, elle le regarda droit dans les yeux dans une attitude de défi.

— Pas le moins du monde. C'est la meilleure décision que j'ai jamais prise.

Elle saisit l'échelle pour sortir de la piscine, mais se ravisa aussitôt, consciente de son imprudence.

En tenue de bain, son ventre arrondi et sa poitrine plus ronde ne manqueraient pas de se voir. Nul doute qu'il s'en apercevrait immédiatement. Elle avait beau être ici pour lui annoncer qu'elle portait son enfant, elle ne voulait pas qu'il le découvre ainsi.

Elle sentit une nausée la gagner. Elle s'écarta de l'échelle et fit un geste en direction des transats disposés autour de la piscine.

— Pourrais-tu me passer ma serviette s'il te plaît ?

Il esquissa un sourire.

— Il est un peu tard pour faire preuve de pudeur, tu ne crois pas, *querida* ? Je ne verrai rien de plus, sinon beaucoup moins, que ce que tu m'as déjà dévoilé lors de notre nuit ensemble.

Mais il avait déjà saisi la serviette qu'il lança dans sa direction.

Elle réussit à l'attraper avant qu'elle tombe à l'eau. Elle la noua alors autour de sa poitrine, si fortement qu'elle eut du mal à respirer.

Conserver un minimum de dignité en grimpant à l'échelle avec la serviette enroulée autour du ventre relevait de la prouesse.

Elle se sentait vulnérable et un peu honteuse. Des images ne cessaient de lui revenir : elle dans l'état dans lequel il l'avait abandonnée ce soir-là, à l'hôtel, les jupons retroussés jusqu'à la taille et le haut de la robe rabattu pour exposer sa poitrine.

Elle n'avait pas seulement perdu sa virginité dans cette chambre d'hôtel, elle y avait aussi laissé sa dignité. Le départ de Carlos l'avait blessée bien plus profondément que la trahison de Gavin.

Dire qu'elle s'était imaginé être devenue une nouvelle Martha !

— Nous avons couché ensemble, rectifia-t-elle en se dirigeant vers lui la tête haute. C'est tout. Nous n'avons certainement pas passé une nuit ensemble.

— A qui la faute ?

Déstabilisée, elle s'immobilisa.

— Tu n'es pas en train de me dire que tu voulais que je reste ?

— J'étais loin de me douter que tu t'enfuirais une fois que j'aurais eu le dos tourné.

— Etait-ce si imprévisible ? Tu as peut-être l'habitude que tes conquêtes attendent bien sagement ton retour après que tu leur as déclaré que tu avais commis une terrible erreur en couchant avec elles et que tu aurais préféré que ça n'arrive jamais ? Je suis désolée de ne pas avoir été à la hauteur de tes exigences. Mais c'était ma première fois !

En voyant Carlos perdre de son assurance, elle ressentit un sentiment de triomphe.

— Ce n'est pas ce que j'ai voulu dire. Je t'ai trouvée si désirable… si belle. Comment aurais-je pu regretter d'avoir couché avec toi ? Mais ça n'aurait pas dû arriver de cette façon. Parce que c'était ta première fois.

— Et quand tu t'en es aperçu, tu as voulu partir… et ne plus jamais me revoir.

— Une chose est sûre, je ne m'attendais pas à te trouver un jour installée chez mon grand-père.

— Pour votre information, *Señor* Ortega, votre grand-père m'a engagée en tant qu'auxiliaire de vie, aide dont il a grand besoin dans son état aujourd'hui, étant donné que personne ne s'occupe de lui.

De nouveau, le coup avait porté. Le visage de Carlos se ferma instantanément.

— Tu sous-entends que je l'aurais négligé ? gronda-t-il. Que je devrais être là pour m'occuper de lui ?

— Il n'y a que la vérité qui blesse, répondit-elle d'une voix un peu hésitante.

Elle perçut un changement dans son expression. Une lueur trouble assombrissait ses yeux. Il ne s'agissait pas de colère, mais d'une émotion qu'elle ne parvenait pas à identifier complètement.

Cependant son intuition lui disait que, sans le savoir, elle venait d'ouvrir une boîte de Pandore.

— J'aurais été là s'il m'y avait autorisé ! s'écria-t-il. S'il m'avait confié qu'il ne se sentait pas bien ! Mais j'ai dû attendre qu'il me convoque… et quand je l'ai vu sur cette chaise…

Carlos s'interrompit, le visage pâle, la voix vibrante d'émotion.

— Tu n'étais pas au courant ?

— Si cela avait été le cas, crois-tu un seul instant que je l'aurais laissé seul dans ce lieu retiré ? rétorqua-t-il d'un ton cinglant.

— Non, reconnut-elle. Non, je sais que tu ne l'aurais jamais fait. Hier soir, j'ai pu constater toute l'affection que tu lui portes.

Durant le repas, il s'était montré attentif à chacun des gestes du vieil homme, prompt à remplir son verre, à lui passer les plats, à ramasser la serviette tombée à terre.

Et lorsque, fatigué, Javier avait annoncé qu'il se retirait dans sa chambre, Carlos s'était immédiatement levé de table pour s'assurer que le couloir qui y menait ne présentait aucun obstacle pour la chaise roulante.

N'ayant pas osé proposer de le pousser de crainte

de blesser son amour-propre, il l'avait suivi jusqu'à la chambre, au cas où il aurait pu s'avérer utile.

— Tu ne l'as pas quitté des yeux un seul instant, reprit Martha. Mais tu n'avais pas besoin d'attendre qu'il te « convoque », c'est tout de même ton grand-père.

— Tout le problème est là, ma chère *señorita*, déclara-t-il d'un ton faussement désinvolte. Il s'avère que ce n'est pas le cas.

Carlos vit les magnifiques yeux gris de Martha s'agrandir sous l'effet de la surprise.

Mais en réagissant de façon aussi prompte, ne cherchait-elle pas surtout à cacher la déception de voir soudain ses projets compromis ?

Si lui et Javier n'avaient aucun lien de parenté, s'il ne pouvait plus hériter ni du nom ni de la fortune des Ortega, alors les plans qu'elle avait échafaudés pour tirer profit de leur courte rencontre tombaient à l'eau.

Bienvenue au club, pensa-t-il cyniquement. Non pas que l'argent de Javier ait de l'importance pour lui. S'approprier le patrimoine du vieil homme n'augmenterait pas sensiblement sa fortune personnelle.

Il recherchait un autre héritage, moins tangible : celui du sang, de la famille, de la filiation. L'héritage qu'un simple prélèvement d'ADN lui avait ravi, le privant du droit de se réclamer du nom illustre des Ortega en concluant à son absence de parenté avec Javier. Il avait alors perdu sa famille, son histoire et son identité en l'espace de quelques secondes.

— Ce… ce n'est pas le cas ? répéta-t-elle en se mordant la lèvre.

Elle semblait si sincère, songea Carlos. Il aurait presque pu croire qu'elle comprenait ce qu'il ressentait.

Mais il fallait se rendre à l'évidence, ce n'était pas lui, Carlos, qu'elle avait souhaité retrouver, mais le petit-fils de Javier. Celui qu'elle croyait à tort être son héritier.

Son regard voilé, sa façon si sensuelle de se mordiller la lèvre n'exprimaient pas de la sympathie, mais de la déception.

Une déception qui faisait écho à celle qu'il ressentait en repensant à cette Mlle Jones surgie de nulle part sur la lande. La seule femme qui n'ait rien désiré d'autre de lui que l'homme qu'il était réellement.

— Javier n'est pas mon grand-père, répéta-t-il froidement. J'ai pourtant toujours cru qu'il l'était. Du moins, j'ai toujours été élevé dans cette croyance. Mais il y a neuf mois, Javier a décidé de réécrire son testament. Son nouvel avocat, un esprit pointilleux, a exigé d'*Abuelo* une preuve irréfutable de filiation.

— Et tes parents alors ?

— L'homme que je croyais être mon père — le fils unique de Javier — a été tué dans un accident d'avion quand j'avais neuf ans. Ma mère et lui ne vivaient déjà plus ensemble à l'époque, mais elle avait souhaité que je vive ici, à El Cielo. Je pense qu'elle voulait que le vieil homme se prenne d'affection pour moi afin qu'il me désigne plus tard comme son héritier.

Il n'aurait su dire à quel moment ou pour quelle raison elle s'était rapprochée de lui. Mais cette proximité soudaine mettait à mal le contrôle qu'il s'efforçait d'exercer sur lui-même.

Son maillot de bain bleu marine mettait en valeur sa peau douce et nacrée, qui avait pris sous le soleil argentin une délicate teinte dorée. L'épaisse serviette blanche qu'elle avait enroulée autour de sa poitrine lui descendait jusqu'aux hanches.

Mais il pouvait contempler ses longues jambes au

galbe parfait, qu'un vernis rose aux orteils rendait encore plus sexy.

En voyant ses cheveux humides, il se rappela cette nuit froide et pluvieuse, à l'hôtel, ce qui intensifia son désir dont il dut alors cacher les effets derrière la serviette pliée qu'il tenait à la main.

— Alors ils t'ont fait passer un test ? finit-elle par demander, en se mordillant de nouveau la lèvre.

Il ressentit alors un désir irrépressible de poser un doigt sur cette bouche pulpeuse afin qu'elle cesse de la torturer. Mais il savait d'ores et déjà que s'il s'autorisait ce geste, ils ne s'arrêteraient pas là.

Elle se tenait à présent si près de lui qu'il pouvait humer les effluves délicats de son parfum. Il sentait battre son sang à tout rompre dans ses veines, et le soleil, encore bas à l'horizon à cette heure matinale, ne semblait entrer pour rien dans la vague de chaleur qui l'envahissait et lui desséchait la bouche.

— Oui, comparaison d'ADN, répondit-il sur un ton bourru.

— Alors ?

— A ton avis ? rétorqua-t-il d'un ton amer. Je te l'ai déjà dit, Javier n'est pas mon grand-père.

La compassion qu'il lisait dans son regard le mettait au supplice. Jamais il n'aurait dû se confier à elle, se dit-il.

Il avait voulu la décourager de se servir de Javier pour arriver à ses fins et avait fini par lui confier des choses qu'il n'avait jamais partagées avec personne, pas même avec son meilleur ami.

— Ce qui signifie que ton père n'était pas ton géniteur et que ta mère t'a menti ? Mon Dieu, cette nouvelle a dû être terrible pour toi.

— Moins terrible que le rejet de Javier, qui a déclaré qu'il ne me considérait plus comme son petit-fils.

Elle semblait à présent profondément indignée. Il éprouvait une amère satisfaction à la voir réagir à ce point à ce qui l'avait le plus blessé.

— Mais c'est horrible ! s'écria-t-elle. Et je parle en connaissance de cause. Mon père ne m'a jamais acceptée, sinon il aurait maintenu le contact après avoir quitté ma mère. Mais, au moins, j'ai toujours su que ma mère m'aimait. Je n'en ai jamais douté. Je n'arrive pas à imaginer que Javier t'ait tourné le dos de cette façon.

— Je suppose qu'il a pensé qu'il le devait à son fils. Ton père, lui, ne t'a jamais aimée. Le mien m'adorait, mais il a été trompé par ma mère. Lorsque Javier l'a appris, il n'a pas supporté de voir près de lui le fruit de cette trahison. Il devait être furieux quand il s'est rendu compte que ma mère l'avait manipulé en me confiant à lui. Alors, il m'a demandé de plier bagage.

— Et tu es parti, coupant tout contact ? Tu m'avais dit n'avoir aucune famille en Argentine.

— C'est le cas. Il m'a déshérité.

— L'argent est tout ce qui compte à tes yeux ?

— En aucune façon ! s'écria-t-il avec une véhémence qui ne laissait aucun doute sur sa sincérité.

— Alors quoi d'autre ? Le nom ?

— Un nom n'a aucune valeur en soi ! Mais le sentiment d'appartenance, si ! déclara-t-il avec une vigueur qui la fit sursauter.

— Nous éprouvons tous ce besoin d'appartenance. Ma mère et moi n'avons eu d'autre point d'ancrage que nous-mêmes. Tu pensais appartenir à ce lieu, et il t'en a éloigné. Mais te voilà de retour.

— Sur sa seule volonté, rectifia-t-il en souhaitant qu'elle ne pousse pas la conversation plus loin.

— Il t'a demandé de venir, et tu as accepté. Tu as répondu à son appel. Ne crois-tu pas que vous avez d'ores et déjà fait un pas l'un vers l'autre ? Un pas positif. Il ne t'aurait jamais invité si…

— Tu te trompes sur toute la ligne, *belleza*, l'interrompit-il brutalement, agacé par la tournure de la conversation. Il ne m'a pas demandé de venir parce que je lui manquais, il l'a fait uniquement pour toi.

— Non, je t'assure… protesta-t-elle en secouant la tête avec force, mêlant une de ses mèches blondes dans la chevelure de jais de Carlos.

— Je suis désolée, fit-elle en avançant la main.

Par reflexe, Carlos leva la sienne et leurs doigts se rencontrèrent.

A ce contact, il sentit une vague de chaleur le submerger, et son cœur cessa de battre.

Troublé, il baissa les yeux sur elle. Il pouvait voir son cou gracile et élégant, les lignes délicates de ses épaules.

La serviette qu'elle avait étroitement nouée autour de sa poitrine n'en dissimulait pas la généreuse rondeur. Au contraire, elle la mettait en valeur en accentuant le sillon sombre entre ses seins.

Il lui suffisait de pencher légèrement la tête pour que leurs lèvres se frôlent. Il goûterait la douceur de sa bouche, sa moiteur parfumée, sa langue. Tout son corps le désirait — *la* désirait.

Mais, très vite, il sentit ses soupçons l'assaillir de nouveau, étouffant l'ardeur de son désir naissant. Elle l'avait suivi jusqu'ici et était parvenue à s'attacher Javier.

Certes, ce dernier lui avait offert un emploi, et il aurait fallu être aveugle pour ne pas voir qu'elle s'occupait vraiment bien du vieil homme. Elle savait comment le prendre, lui et son caractère buté.

Mais les choses n'étaient pas aussi simples. Personne n'entreprenait un voyage de plusieurs milliers de kilomètres pour revoir quelqu'un avec qui on avait partagé une brève nuit de passion, aussi intense fût-elle.

Maintenant qu'elle savait que Javier ne le reconnaissait plus comme son petit-fils, comment espérerait-elle parvenir à ses fins ?

Sa gorge se serra à l'idée qu'elle avait pu le manipuler pour atteindre son grand-père. Un emploi d'abord, puis…

— Je suis désolée, répéta-t-elle.

Il sentit ses doigts se replier sous les siens. Cherchait-elle à libérer sa mèche de cheveux ? A dégager sa main qu'il serrait avec une vigueur qui trahissait ses émotions ?

Non… Le corps en feu, conscient de l'attraction qui les rapprochait tous deux, il percevait ce geste comme une caresse, un frôlement sensuel de ses doigts minces qui enflammait chacune de ses terminaisons nerveuses.

Une vague de désir déferla en lui. Un désir dont la violence le surprit et contre lequel il se sentit incapable de lutter.

Au prix d'un suprême effort, il parvint cependant à se dominer et à se concentrer sur la conversation.

— Tu n'as pas à être désolée, reprit-il. Moi-même, je ne le suis pas. Les choses sont comme elles sont, et je ne vois rien qui pourrait changer la situation.

Sans un mot de plus, il se tourna face à la piscine et plongea.

Il accueillit avec soulagement l'eau fraîche qui l'enveloppa, calmant le brasier qui consumait ses sens. Il commença à nager, déroulant ses membres avec puissance, se propulsant avec rapidité.

Il multiplia les longueurs de bassin jusqu'à ce que, à bout de souffle, les muscles douloureux, il laisse ses pieds toucher le fond et se redresse enfin.

Elle était partie, *gracias a Dio.* Sa réplique acerbe l'avait certainement poussée à rentrer. Mais le soulagement qu'il en éprouvait s'accompagnait d'un sentiment de malaise qu'il ne parvenait pas à chasser.

Alors, il plongea de nouveau dans les profondeurs claires de l'eau. Malgré les protestations répétées de son corps éprouvé, de son cœur qui tambourinait dans sa poitrine, il continua sa progression jusqu'à ce que tout son être hurle d'épuisement. En se punissant de la sorte, il ressentit une certaine forme de paix intérieure.

Mais, exténué, il dut finalement se résigner à interrompre ses efforts, et les mêmes pensées l'assaillirent de nouveau immédiatement.

Elle avait raison. Elle avait su comprendre ce qui l'avait poussé à revenir.

Javier l'avait convié et, espérant contre tout espoir une réconciliation, il avait répondu à l'invitation du vieil homme avec l'empressement d'un animal bien dressé.

Mais en remettant les pieds à El Cielo, il avait commis une grossière erreur. Sa présence ici avait renforcé en lui l'impression que cet endroit n'était plus son foyer, et qu'il ne le redeviendrait jamais.

Il n'appartenait plus à ces lieux qu'il avait autrefois considérés comme son port d'attache. Et chaque seconde qu'il y passait renforçait cet atroce sentiment de perte.

Qui plus est, y retrouver Martha, cette femme à la sensualité envoûtante, dans ce qui avait représenté un jour son jardin d'Eden, n'en rendait les choses que plus difficiles.

7.

Martha lisait sous la véranda. Du moins s'y efforçait-elle, mais les lignes se brouillaient sous ses yeux. Elle avait pris un livre avec l'intention d'attendre Carlos. Elle n'aurait pas pu aller se coucher sans lui avoir parlé, sans lui avoir révélé la raison de sa présence ici.

Surtout après leur conversation près de la piscine le matin même. Elle n'avait pas la moindre hésitation quant au fait de lui annoncer sa grossesse. Mais si tel avait été le cas, ce qu'il lui avait confié sur la famille et son désir d'appartenance aurait suffi à la décider.

En outre, elle était extrêmement mal à l'aise à l'idée qu'il pense que Javier ne l'avait invité qu'à cause d'elle et de sa présence ici. Mais elle ne pouvait le blâmer de penser de la sorte.

Restait à espérer que le sentiment de rejet qu'il éprouvait depuis son retour s'atténuerait en découvrant la motivation, sincère, du vieil homme. Javier avait agi ainsi uniquement dans l'intérêt de leur bébé. Du moins priait-elle pour que cela soit le cas.

Elle aurait aimé lui parler plus tôt, mais il s'était absenté toute la journée, disparaissant de la propriété aux premières heures de la matinée, bien avant qu'elle finisse de servir son petit déjeuner à Javier. Elle ne l'avait pas aperçu de toute la journée, pas même ce soir au dîner.

Un mal pour un bien, peut-être, se dit-elle, car Javier s'y était montré d'une humeur massacrante, se plaignant d'un rien.

Heureusement pour elle, le vieil homme avait décidé de se coucher plus tôt qu'à son habitude.

— C'est donc ici que tu te caches.

Surprise dans ses pensées, elle sursauta.

La voix de Carlos semblait sortir tout droit de la nuit. Puis ses pas résonnèrent sous la véranda et, l'instant d'après, il était agenouillé devant elle et lui tendait le livre qu'elle avait laissé tomber.

— Je suis désolé. Je ne voulais pas t'effrayer.

— Ce n'est rien… commença-t-elle.

Mais dès l'instant où ses yeux rencontrèrent la flamme verte de son regard, elle se sentit incapable de penser et de parler.

Seul se détachait de la confusion dans laquelle elle était plongée le visage de Carlos, qui apparaissait dans un contraste saisissant d'ombre et de lumière.

Une partie de son visage était inondé de lumière, ce qui révélait ses traits d'une incroyable beauté. L'autre partie, dans l'ombre, semblait presque menaçante.

— Merci, murmura-t-elle en s'efforçant de dissimuler son trouble. On ne t'a pas vu aux repas, ajouta-t-elle pour briser le silence qui la mettait mal à l'aise. Où étais-tu toute la journée ?

— Avec les chevaux, répondit-il d'un ton sec. Deux juments vont bientôt mettre bas, et certains poulains ont besoin d'exercice.

— Javier a essayé…

— Il est évident qu'il ne peut plus s'occuper du

ranch comme avant. Et comme il l'a laissé entendre, je connais bien les bêtes.

— Il aurait fait appel à toi ?

Il secoua la tête.

— Tu connais mon grand-père. Il préférerait avaler sa langue plutôt que demander de l'aide.

« Grand-père », se répéta-t-elle mentalement.

Elle sentit son cœur se gonfler d'espoir. De sa propre initiative, il avait décidé de prêter main-forte au vieil homme en s'occupant de l'estancia, même s'il en avait été chassé.

— Où est-il à présent ?

— Javier s'est retiré dans sa chambre. Il se sentait un peu fatigué.

— Avant, il n'aurait jamais voulu le reconnaître et se serait surmené. Tu sais t'y prendre avec lui. Il t'écoute et accepte ton aide.

Elle eut un petit sourire mélancolique.

— Peut-être parce que je suis une femme… et que je ne suis pas de la famille.

— Je ne le suis pas non plus, dit-il d'une voix tremblante qui la bouleversa.

— Tu es la personne la plus proche de lui. Et puis, on est généralement dur envers sa propre famille… et avec ceux que l'on aime. Parce qu'on croit qu'ils le supporteront… par amour.

— Vraiment ?

Il se releva d'un bond, arpentant la véranda. Arrivé à l'autre extrémité de la galerie, il s'adossa contre la balustrade face à elle.

— Et tu penses que Javier se montre dur avec moi, qu'il m'a déshérité et jeté dehors… par amour ? riposta-t-il, amer.

Elle grimaça. Son cynisme lui faisait mal. Elle aurait aimé le toucher, combler le fossé qui les séparait.

Elle ne se l'autorisait pas avant de lui avoir révélé la raison de sa présence à El Cielo. Mais elle craignait que cet aveu les éloigne à tout jamais.

— Je sais que si tu en souffres tellement, c'est parce que tu l'aimes… malgré ce qu'il t'a fait.

— Et je suppose que tu vas bientôt me dire qu'il m'a rappelé à l'estancia par amour également ? lança-t-il. Que cela n'a rien à voir avec toi ?

— Non…

Elle aurait tellement aimé lui répondre que sa présence ici n'avait pas compté dans la décision de Javier.

Mais elle se sentait incapable de lui mentir. L'honnêteté s'avérait pour elle la seule attitude acceptable.

— Tu m'avais affirmé le contraire !

— Mais ce n'est pas ce que tu crois, s'empressa-t-elle d'ajouter. Si Javier a changé d'avis, ce n'est pas pour les raisons que tu supposes. Vraiment pas.

Malgré l'obscurité qui dissimulait le visage de Carlos, elle savait, à l'état de tension qui se dégageait de lui, qu'elle avait maintenant toute son attention.

— Alors quelles en sont les raisons ?

— Toi et moi… et cette nuit à l'hôtel. Cette fameuse nuit où nous nous sommes rencontrés dans la lande, articula-t-elle d'une voix étranglée qui n'arrivait pas à franchir la barrière de sa gorge.

— Cette nuit à l'hôtel, répéta-t-il, comme pour l'inciter à continuer.

— Cette nuit, nous… malgré le préservatif… nous… Je suis enceinte. Enceinte de toi.

Ses paroles vinrent mourir dans le silence atroce qui les accueillit.

Elle n'avait jamais eu l'intention de lui annoncer

sa grossesse de façon aussi brusque. Elle aurait voulu amener les choses en douceur, expliquer avec calme et sans passion la raison de sa venue en Argentine.

Mais tout s'était soudain bousculé dans sa tête, et les mots étaient sortis dans la plus grande confusion. Il était trop tard pour faire machine arrière.

Il n'avait pas bougé, plus immobile que jamais.

— Enceinte ! répéta-t-il, stupéfait. Comment cela a-t-il pu se produire ?

— Oh ! ces choses-là arrivent, je suppose ! répondit-elle avec une fausse désinvolture qu'elle regretta aussitôt. Le préservatif a dû se déchirer, je ne vois aucune autre explication. Je te jure que c'est ton bébé. Tu sais bien que j'étais…

— Je sais, je sais, la coupa-t-il en levant les mains pour l'enjoindre au silence. Pour mon plus grand malheur, tu étais vierge.

La gorge de Martha se serra. « Pour mon plus grand malheur… » Il n'aurait pu pas être plus clair sur ce qu'il éprouvait à son égard. Au moins savait-elle désormais à quoi s'en tenir !

De nouveau, il se mit à arpenter la véranda, nerveux, incapable de contrôler l'agitation qui le gagnait et l'envie irrépressible de se rapprocher d'elle.

— Et je sais également que le préservatif s'est déchiré, poursuivit-il. Pourquoi penses-tu que je sois parti comme ça, que j'aie eu besoin de sortir de cette chambre d'hôtel… besoin de prendre l'air ? Je voulais réfléchir, mettre de l'ordre dans mes idées.

Elle tressaillit. De nouveau, elle refoula les larmes qu'elle sentait monter.

Sa réaction en disait long sur le rejet que lui inspirait l'éventualité d'une grossesse.

Comment avait-elle pu être assez stupide pour s'imaginer autre chose ? Comme elle était naïve.

— Tu le savais ! s'écria Martha, la voix étranglée par l'émotion. Mais tu n'as rien dit ! Comment as-tu pu me faire ça ? Mon Dieu ! Tu as préféré te taire et prendre tes jambes à ton cou, partir comme un voleur… aussi vite que tu le pouvais, sans te retourner.

— Je n'en suis pas fier, crois-moi. Je t'assure que je regrette de ne pas avoir mieux su gérer mes émotions. Mais crois-moi quand je te dis que je souhaitais en parler avec toi à mon retour.

— Tu penses vraiment que je vais te croire ? Croire que tu avais l'intention de revenir. Et ensuite, que se serait-il passé ? Tu aurais posé un genou à terre et, bouleversé, tu m'aurais annoncé que je ne devais surtout pas m'inquiéter et que s'il m'arrivait de tomber enceinte, tu me soutiendrais quoi qu'il arrive, que je pourrais compter sur toi ?

Sa voix s'étrangla dans sa gorge.

— Non, je ne crois pas, ajouta-t-elle en voyant ses yeux s'assombrir. Bien sûr que non.

Il était désormais face à elle, immobile. Sa présence la troublait comme jamais encore auparavant.

— Non. Mais nous aurions pu en parler… et décider de la suite à donner en cas de conséquences fâcheuses.

Ses paroles l'atteignirent comme un coup de poignard en plein cœur. Elle sentit les larmes lui piquer les yeux, et elle dut lutter pour les refouler.

« Conséquences fâcheuses », c'est donc ainsi qu'il qualifiait ce petit être qui grandissait en elle, son bébé, le fruit de leur unique nuit de passion, cet enfant pour lequel elle éprouvait déjà tellement d'amour.

Elle déglutit avec peine.

— Eh bien, nous allons devoir donner une suite à

ces conséquences fâcheuses, répliqua-t-elle d'un ton faussement désinvolte.

— Tu es certaine d'être enceinte ?

— Sans l'ombre d'un doute. Cela fait quatre mois, trois jours et…

Elle s'interrompit pour consulter sa montre, désireuse de ne pas lui laisser le dernier mot, mais sa vision s'était brouillée.

Ses yeux étaient embués de larmes.

— … et environ cinq heures, réussit-elle à articuler, la gorge nouée. C'est ton enfant Carlos, ajouta-t-elle, subitement effrayée à l'idée qu'il puisse en douter.

— Il n'y a eu personne d'autre depuis ?

— Personne ! s'écria-t-elle indignée. Que crois-tu ? Que les hommes font la queue derrière ma porte ? J'espère que tu plaisantes ! Après la façon dont Gavin et toi vous êtes comportés avec moi, j'ai abandonné toute idée de nouer une relation amoureuse sincère avec un homme, et pour un bon moment.

— Ne me compare surtout pas à ce salaud avec lequel tu étais fiancée ! riposta-t-il. J'ai certainement de nombreux défauts, je veux bien en convenir, mais je ne suis ni un menteur ni un manipulateur.

Elle ne répondit rien.

— Je pourrais demander un test de paternité, ajouta-t-il froidement.

— C'est ton droit, acquiesça-t-elle, déjà préparée à cette éventualité. Et je m'y soumettrai sans faire de difficultés. Je n'ai rien à cacher.

Il plongea ses yeux verts dans les siens, comme s'il voulait lire dans ses pensées.

Soudain, sans qu'elle comprenne ce qui s'était passé en lui, il hocha la tête et se redressa, glissant les mains dans les poches de son jean.

— Alors je te crois. Tu ne serais pas aussi sûre de toi si tu mentais. Et je l'aurais lu sur ton visage. Donc, tu attends un enfant — mon enfant — et tu es venue me trouver jusqu'ici pour…

— Simplement pour t'en informer. Et pour aucune autre raison.

Elle se sentait à la fois soulagée et déconcertée.

Il avait à peine remis en question sa paternité, alors qu'elle s'était attendue à une discussion acharnée.

— J'estime que tu as le droit d'en être informé, ajouta-t-elle.

— Mais qu'attends-tu de moi exactement ? demanda-t-il, perplexe.

La tension entre eux était palpable. Elle pouvait voir la tension dans ses muscles et la distance qu'il s'efforçait de maintenir entre eux.

— De toi ? Rien.

Depuis le jour où il était revenu à El Cielo, elle s'était surprise parfois à imaginer leur vie ensemble, dans ce cadre paradisiaque.

Mais rien dans l'attitude de l'Argentin n'était venu nourrir cette illusion. Certes, il avait toujours cette lueur dans ses yeux lorsqu'il la regardait. Une lueur qui exprimait un désir intense et charnel, mais rien de plus.

— Tu n'espères pas me faire croire ça ?

— Pourquoi pas, Carlos ? Parce que les vierges se cramponnent, comme tu n'arrêtes pas de le répéter ? Eh bien, pas celle que tu as devant les yeux. Je suis venue te dire qu'ensemble nous avons donné vie à un nouvel être. Un être que j'entourerai de tout mon amour et de tous mes soins. Si tu souhaites faire partie de la vie de notre enfant, alors sache que tu y auras ta place. Dans le cas contraire, je m'en sortirai toute seule.

— A bien y réfléchir, je souhaite finalement que soit pratiqué un test de paternité, déclara-t-il brusquement, revenant sur ce qu'il avait annoncé.

Elle reçut le coup en plein cœur.

— Comme tu voudras.

Elle s'efforça de ne pas montrer la profonde déception que ce soudain revirement lui inspirait. Comme elle s'était montrée naïve. Bien sûr, il n'était pas aussi facile à convaincre qu'il l'avait laissé paraître…

— Tu veux avoir la certitude que ce bébé est le tien, n'est-ce pas ?

Il secoua vivement la tête.

— Non.

Au ton ferme et assuré de sa voix, elle sentit un frisson glacé la parcourir.

— Je veux que cet enfant sache avec certitude qui est son père. Et ce, dès le commencement de sa vie. Qu'aucun doute, qu'aucune révélation ne puisse un jour balayer ce sur quoi il devra bâtir sa vie.

Elle tenta de refouler les larmes qui lui piquaient les yeux. Il n'avait pas besoin de dire qu'il avait lui-même vécu cette épreuve, les mots parlaient pour lui.

— Alors seulement, nous nous marierons.

Elle se figea, doutant d'avoir bien entendu.

La situation lui échappait. Elle n'était pas venue le retrouver ici dans ce but.

Comment l'aurait-elle pu, quand elle savait ce qu'il pensait des vierges et de leur tendance à se cramponner ? De leurs yeux pleins d'étoiles, de leurs rêves de prince charmant et de fin heureuse ?

Elle ne rêvait pas d'un dénouement heureux en arrivant ici à El Cielo. Et lui n'avait rien d'un prince charmant, ne serait-ce que parce que le prince charmant était désespérément amoureux de Cendrillon.

Lui n'était pas amoureux d'elle. Il ne l'avait jamais été. D'ailleurs, après cet épisode avec Gavin, elle n'avait aucune intention de s'engager dans un mariage qui ne repose pas sur l'amour.

Elle prit une profonde inspiration, choisissant ses mots avec prudence.

— Cela n'arrivera pas, déclara-t-elle d'une voix dont la fermeté la surprit.

— Pourquoi ? demanda-t-il, interdit.

— Parce que je refuse de t'épouser.

8.

— Tu refuses ? s'étrangla Carlos.

Martha tressaillit. Le ton de sa voix exprimait tant d'incompréhension, de protestation et de colère… Mais surtout d'incrédulité.

— Oui… balbutia-t-elle, sentant sa détermination fléchir.

— Mais pourquoi ? demanda-t-il avec hargne.

— Parce que… parce que…

Elle se sentait incapable de poursuivre.

Quelle réponse pouvait-elle lui apporter qui ne la range pas dans cette catégorie des vierges qui se cramponnent ou qui rêvent du prince charmant ? Quelle réponse qui ne déclinerait pas le verbe aimer ?

Il se campa devant elle.

— J'aurais pensé, poursuivit-il, que dans la mesure où tu n'as pas connu ton père, tu aurais souhaité ne pas faire subir le même sort à ton enfant. Que tu aurais souhaité que ton enfant vive entouré de ses deux parents, qu'il ait un foyer, des racines.

Mais pas ainsi, songea-t-elle. Pas avec des parents unis par un mariage de raison. Un simple arrangement. Si ce mariage avait lieu, si elle acceptait de l'épouser, il aurait l'impression d'être pris au piège.

Elle le savait pertinemment. N'avait-il pas redouté

qu'une telle situation arrive lorsqu'il avait pris conscience de sa virginité cette nuit-là ? N'était-ce pas pour cette raison justement qu'il était parti, l'abandonnant, seule, dans cette chambre d'hôtel ?

— Il n'est pas nécessaire que des parents soient mariés pour aimer leurs enfants et prendre une part active à leur éducation. Le mariage n'a pas empêché ta mère de trahir ton père, il me semble, tout comme il n'a pas évité que le mien abandonne ma mère avant ma naissance. De plus, toi et moi ne sommes pas dupes. Nous savons tous les deux que nous n'avons rien en commun…

— Rien en commun ? répéta-t-il d'une voix qui la bouleversa. Comment peux-tu dire ça ?

Elle eut à peine le temps de le voir bouger qu'il s'était déjà accroupi à son côté et prenait ses mains dans les siennes, les caressant de ses longs doigts.

Elle sentit son cœur s'emballer.

— Nous partageons tellement de choses…

Il baissa des yeux ardents sur leurs mains unies.

— Nous avons ceci…, ajouta-t-il, avançant la main vers le renflement de son ventre.

Elle tressaillit, luttant pour résister au feu qu'il rallumait en elle.

— Il y a une telle harmonie entre nous, plaida-t-il d'une voix assurée.

— Tu veux dire au lit ?

— Et n'est-ce pas le meilleur endroit pour commencer une relation ?

Pour commencer peut-être, songea-t-elle, mais si rien d'autre ne venait la nourrir, une telle relation était vouée à l'échec. Elle n'avait aucun avenir.

Elle plongea ses yeux gris dans les siens.

L'espace d'une seconde, elle fut ramenée quatre

mois en arrière quand, sous le nom de Diablo, il s'était agenouillé sur le sol détrempé, son long corps viril effleurant ses jambes, l'odeur envoûtante de sa peau enflammant tous ses sens.

Il l'avait alors libérée du volant de soie de sa robe de mariée pour lui permettre de le suivre en moto loin des ruines de son mariage.

En cet instant, elle l'aurait suivi jusqu'au bout du monde et à la vérité, rien, depuis, n'avait changé.

Incapable de résister plus longtemps, elle enfouit ses doigts dans les longs cheveux de jais qui encadraient les nobles traits de son visage.

Puis, de ses mains, elle effleura les contours de son front haut, descendant sur ses tempes, jusqu'à l'angle vif de la mâchoire et du menton volontaire.

Frémissant au contact de sa barbe d'un jour, elle sentit les pointes de ses seins se durcir et une douce chaleur monter du plus profond de son ventre.

Quand il lui prit la main et déposa un baiser dans le creux de son poignet, elle sentit sa gorge se nouer.

— Je sais, murmura Carlos d'une voix rauque. Nous avons déjà vécu pareil moment.

— La situation est un peu différente, articula-t-elle avec difficulté. Et tu… tu ne pourrais pas déchirer cette robe aussi facilement…

Une étincelle s'alluma dans ses yeux.

— Serait-ce une requête ? s'enquit-il d'une voix douce en considérant la robe bleue qui lui arrivait jusqu'aux chevilles. Parce que cela ne me paraît pas aussi insurmontable que tu veux bien le laisser entendre.

— Je… commença-t-elle en humectant ses lèvres sèches. Non.

— Tu pourrais au moins essayer de te montrer un

peu plus convaincante, répondit-il en esquissant un sourire sur ses lèvres sensuelles.

Troublée par sa présence, elle s'efforça de contrôler le désir impérieux qui la submergeait.

Comment oublier le contact de ses lèvres fermes sur sa bouche, sa peau, ses seins ? Tout son corps s'enflammait à l'idée d'en sentir de nouveau les caresses.

— A t'entendre, on croirait que non signifie son contraire…

Ecartant le livre qu'elle avait posé tout près d'elle sur la banquette de la véranda, il fit courir un doigt sur le coton fin de sa robe.

Elle savait qu'il se souvenait lui aussi en cet instant de la facilité avec laquelle il avait arraché le volant de sa robe de mariée.

— Dit sur ce ton, je crois en effet que c'est le cas.

— Je…

Le moment semblait idéal pour se confier. Il paraissait serein, étonnement apaisé. Elle avait l'occasion de lui expliquer les raisons pour lesquelles elle ne pourrait jamais accepter de l'épouser, de lui dire qu'elle avait les moyens d'élever seule leur enfant.

Mais elle ne se sentait pas prête à s'ouvrir ainsi à lui, au risque de briser le charme de cet instant magique et de risquer de le plonger dans une colère noire.

— Si cela peut te rassurer, je comprends tout à fait ta réaction cette nuit-là.

— C'est vrai ?

Elle sentit ses joues s'empourprer, mais, protégée par l'obscurité qui les entourait, elle s'abandonna sans crainte au trouble que déclencha en elle son sourire.

Il hocha la tête.

— Tu t'étais préparée à perdre ta virginité ce jour-là, mais les circonstances en ont décidé autrement. Comme tu as dû te sentir frustrée ! Alors…

— Alors j'ai sauté sur le premier homme que j'ai croisé ? riposta-t-elle, indignée. Nécessité fait loi, c'est ce que tu crois ? Comment peux-tu penser une chose pareille ? Pour qui est-ce que tu me prends ? Je t'en prie, ne me fais pas l'affront d'insulter mon intelligence. Les choses ne se sont absolument pas passées comme ça !

— Vraiment ? Alors, explique-moi ce qui s'est réellement passé.

— Eh bien…

Devait-elle lui dire la vérité ? En tout cas, elle ne supportait pas l'idée qu'il puisse se considérer comme un vulgaire pis-aller. Ils avaient vécu quelque chose de si spécial !

Du moins pour elle. Si elle avait pu vivre une nuit de noces avec un homme qu'elle aurait aimé, elle aurait voulu qu'elle fût aussi intense que ce moment qu'ils avaient partagé.

Elle se raidit, stupéfaite par le cours que prenaient ses pensées. Ce fiancé idéal auquel elle aurait souhaité offrir son innocence, l'homme qu'elle avait associé dans son esprit au mot amour, elle se l'était figuré sous les magnifiques traits de Carlos…

— Comment cela s'est-il passé, Martha ?

— Comme ça…

Des émotions contradictoires se bousculaient en elle. Mais elle se sentait incapable de résister au désir qu'elle ressentait pour lui.

Penchant la tête vers lui, elle lui donna un baiser passionné. Quand leurs souffles se mêlèrent, il ne put retenir un gémissement.

— J'ai rencontré un homme qui m'a plu comme

aucun autre auparavant. Un homme que j'ai eu irrésistiblement envie d'embrasser et de toucher…

Elle l'embrassa de nouveau, lui arrachant un autre gémissement.

— Un homme dont j'ai souhaité les caresses. Un homme que j'ai eu l'impression d'avoir attendu toute ma vie. L'homme qui a su éveiller la femme et l'amante qui sommeillaient en moi. Et contre toute attente, cet homme paraissait me désirer.

— Contre toute attente ? répéta-t-il, stupéfait. *Queridos Dios*, t'es-tu bien regardée ? Tu es superbe, incroyablement belle.

— Ga… Gavin n'était pas de ton avis.

— Alors, il était plus stupide encore que je ne l'imaginais, trancha-t-il en secouant la tête. Cet imbécile n'avait-il donc pas plus d'yeux que d'esprit ?

— Avec toi, je me sens belle, reconnut-elle en rougissant. Cette nuit-là, j'ai senti que tu me désirais autant que je te désirais, et j'ai eu l'impression d'être la seule femme au monde pour toi.

— Tu étais la seule femme qui comptait alors pour moi, murmura-t-il d'une voix rauque. Je t'ai désirée et je te désire encore aujourd'hui.

— Moi aussi, souffla-t-elle.

Il se releva et, la prenant dans ses bras, il s'empara de sa bouche. Serrée contre son torse, elle se sentit soulevée de la banquette. Elle noua ses bras autour de son cou, rendant baiser pour baiser.

Ainsi enlacés, ils entrèrent dans la maison et, prenant l'escalier qui les éloignait des appartements de Javier, il la porta vers la suite que Carlos occupait depuis quelques jours.

A chacun de ses pas, il appuyait ses baisers, écrasant

son corps contre le sien. Elle sentit son érection à travers le tissu de sa robe et ne put retenir un gémissement.

Elle aurait voulu que rien ne fasse obstacle à leurs caresses, au contact de leur peau nue, pas même cette mince barrière de coton.

Enfin arrivés dans la chambre, ils se laissèrent tomber sur le lit. Lorsqu'elle parvint à glisser ses mains tremblantes sous son polo et que leurs peaux entrèrent enfin en contact l'une avec l'autre, une vague de désir d'une violence inouïe déferla sur eux.

Ils se débarrassèrent à la hâte de leurs vêtements, les jetant en désordre sur le sol. Rien ne devait plus s'interposer entre eux, tant la rage de s'appartenir les dévorait.

Leurs baisers fougueux, leurs caresses impudiques accroissaient encore l'urgence de leur désir. Ils appartenaient l'un à l'autre, sans réserve ni retenue.

Alors, sombrant dans un tourbillon de sensations vertigineuses, elle s'arc-bouta contre lui. Elle poussa un cri étouffé lorsqu'il la pénétra d'un mouvement vigoureux.

Les mains agrippées aux puissantes épaules de son amant, elle se laissa conduire vers l'orgasme qu'elle sentait tout proche. Quand il atteignit l'extase, elle s'abandonna elle aussi à la jouissance qui déferla en elle.

Recouvrant peu à peu ses esprits, elle n'eut d'abord conscience que de la chaleur des bras vigoureux qui l'entouraient. Une chaleur bienfaisante et apaisante. Elle vivait un instant parfait. Ils n'avaient pas besoin de mots. Leurs corps avaient parlé.

Si seulement elle avait pu retenir cet instant, songea-t-elle. Si seulement les choses pouvaient rester ainsi…

Mais elle, la première, devait bien admettre que

la situation n'était pas aussi simple. Des questions se bousculaient dans sa tête.

Que ressentait-il pour elle ? Certes, il l'avait désirée. Il le lui avait avoué sous la véranda. Et lorsqu'ils s'étaient retrouvés nus l'un contre l'autre, l'intensité de son désir ne faisait pas le moindre doute.

Mais qu'éprouvait-il au juste pour elle ? Elle n'avait aucune réponse à cette question. Jamais elle ne s'était sentie aussi perdue, aussi déstabilisée, aussi vulnérable.

Elle poussa un profond soupir, qui réveilla Carlos. Il se tourna vers elle et la considéra de ses yeux encore embrumés par le plaisir.

— Rien n'a changé, n'est-ce pas ? demanda-t-il enfin d'une voix douce. Tout était aussi intense que la première fois. Dans ces moments-là, il n'existe rien d'autre au monde que toi et moi… et ce feu qui nous embrase au moindre effleurement de nos peaux. Cette évidence mérite à elle seule que nous nous mariions.

— Que toi et moi… répéta-t-elle en s'efforçant de refréner le bonheur qui la submergeait.

L'espace d'un instant, elle fut tentée de reconsidérer sa proposition, cette demande en mariage dépourvue d'émotions ou de sentiments.

Si seulement il n'y avait eu qu'eux au monde, sans rien ni personne d'autre dont il faille se préoccuper…

Le bébé !

Décontenancée, elle se redressa brusquement dans le lit. Carlos et elle n'étaient déjà plus seuls. Désormais, ils devaient avant toute chose songer à cet enfant qui allait naître.

— Que se passe-t-il ? s'enquit-il, perplexe. Qu'est-ce qui ne va pas ?

Elle sentit sa gorge se serrer. Qu'est-ce qui n'allait pas ? Si elle s'ouvrait à lui, pourrait-il la comprendre ?

Il pensait sans doute l'avoir convaincue. Pour lui, sans nul doute, un mariage fondé exclusivement sur la merveilleuse entente sexuelle qu'ils partageaient pouvait tenir.

Mais il se trompait.

Parce qu'il était évident qu'elle en souffrirait, et que cette situation finirait par la détruire. Il fallait qu'elle lui explique pourquoi un tel mariage était voué à l'échec, pourquoi elle devait refuser sa proposition. Mais elle ignorait comment et par où commencer.

9.

Elle ne pouvait tout de même pas lui annoncer à brûle-pourpoint qu'elle refusait de se marier avec lui. Elle devait amener les choses avec douceur.

Incapable de soutenir plus longtemps le regard de Carlos, elle baissa les yeux.

— Cette nuit-là, à l'hôtel, tu m'as dit que les vierges se cramponnaient, dit-elle enfin d'une voix incertaine. Qu'est-ce qui te fait croire cela ?

— Je ne le crois pas, je le sais ! J'en ai fait l'amère expérience, déclara-t-il, agacé par la tournure que prenait la conversation.

— Que s'est-il passé ? Qui a pu te conduire à penser cela ?

« Il ne va pas me répondre », songea-t-elle en voyant son visage se fermer. Mais tout à coup, les traits de son amant se détendirent, et il haussa les épaules.

— J'avais dix-huit ans, commença-t-il. J'étais jeune, sans expérience. Je venais d'entrer à l'université. Et j'ai rencontré cette fille…

Il détourna les yeux. Son regard se perdit sur les cimes des montagnes que l'on distinguait à travers la fenêtre et que l'aube teintait déjà de rose.

— Je souhaitais seulement m'amuser un peu, prendre du bon temps, et je pensais que c'était pareil pour Ella, continua-t-il. Elle était d'un an mon aînée, et je supposais qu'elle avait déjà une grande expérience en la matière. Mais ce n'était pas le cas.

Il se passa la main dans les cheveux, mal à l'aise.

— J'ai commis l'erreur de rompre avec elle peu de temps après que nous avons couché ensemble. Mais elle se croyait amoureuse de moi. Malgré mes protestations, elle était convaincue que j'éprouvais les mêmes sentiments pour elle.

Il se tut quelques instants.

— Elle m'a fait vivre un véritable enfer, reprit-il. Elle me suivait à la trace, refusait de me voir m'éloigner. Elle avait une clé de ma chambre et, un soir, je l'ai trouvée dans mon lit à m'attendre. Elle clamait à qui voulait bien l'entendre que je l'avais brutalisée et que j'avais menacé de lui taillader les poignets. Elle est même venue me harceler jusqu'à El Cielo. Une nuit, elle s'est tranché les veines et a ensuite prétendu que j'avais mis mes menaces à exécution…

Se tournant brusquement vers lui, elle le dévisagea, incrédule.

— Elle a affirmé qu'elle l'avait fait par amour pour moi. Peut-être avait-elle…

— Non ! s'écria Martha. On n'agit pas ainsi par amour. L'amour vous fait souhaiter ce qu'il y a de mieux pour l'autre. Poursuivre ainsi quelqu'un de cette façon, le traquer sans cesse, le menacer, lui gâcher la vie… c'est du véritable harcèlement !

« Prends-en bonne note », songea-t-elle. Cette piqûre de rappel tombait à point nommé. En quittant l'hôtel quatre mois auparavant, elle s'était promis de ne pas se cramponner, de s'éloigner de lui afin qu'il puisse vivre sa vie comme il l'entendait.

Et au fond de lui, il ne souhaitait pas ce mariage.

Seul son sens des responsabilités vis-à-vis du bébé le poussait à insister pour qu'elle l'épouse.

Interrompant le cours de ses pensées, elle considéra un instant le paysage magnifique à travers la fenêtre de la chambre, sans parvenir pourtant à s'émouvoir de la beauté du spectacle saisissant qu'offraient le lac paisible et la majestueuse cordillère des Andes dans la lumière du jour naissant.

Elle n'avait pas le choix. Elle devait le quitter. Même si elle l'aimait… Parce qu'à présent, cela ne faisait plus aucun doute.

Elle l'aimait de tout son être. Carlos Diablo — Carlos le démon — avait ravi son cœur.

Il était entré dans sa vie d'une manière imprévisible et l'avait bouleversée, comblant un abîme dont elle ne soupçonnait pas l'existence, donnant à l'amour un autre sens que le simple besoin de sécurité ou que l'obsédant désir d'être aimée.

Et pour cela même, elle devait s'en tenir à sa décision. Se montrer ferme. Ne pas faillir. A défaut d'obtenir son amour, elle devait éviter de le faire souffrir et de susciter en lui une colère semblable à celle qu'il devait nourrir depuis toutes ces années pour cette Ella.

Une colère si vivace encore qu'elle lui dictait toujours ses règles de conduite. Ils ne trouveraient jamais de terrain d'entente dans l'avenir, s'il finissait par la haïr.

Pourtant, dans l'intérêt du bébé, ils seraient amenés à prendre des décisions ensemble. Elle refusait de condamner son enfant à être la victime d'une lutte acharnée entre ses parents.

Sûre dans ses sentiments et dans ses choix, elle fit de nouveau face à Carlos.

— Ce n'était pas de l'amour, mais une obsession.

Et les obsédés ne recherchent pas l'amour, mais la possession de l'autre.

Elle perçut un changement insensible dans son regard et sur les traits de son visage.

— J'étais effrayé par ce qu'elle pouvait faire, confia-t-il d'une voix à peine audible. Effrayé à l'idée qu'elle puisse briser la relation que j'avais avec mon grand-père… la seule famille qui me restait.

— Oh ! Carlos…

Il eut un rire amer qui la fit frémir jusqu'au plus profond d'elle-même. Puis son visage redevint impassible, et elle sut alors que ce moment de fragilité, d'ouverture venait de prendre fin.

— Mais je me rends compte aujourd'hui que je n'aurais pas dû m'en soucier. Sans que je le sache, ma mère s'était depuis longtemps chargée de porter un coup fatal à ce qui nous unissait mon grand-père et moi.

Elle sentit son cœur se serrer. La mère de Carlos l'avait rejeté et trahi. Tout comme Ella, elle l'avait profondément blessé. Dès lors, qui pourrait le blâmer de redouter la trahison et de fuir l'engagement ?

— Certaines relations ne valent vraiment pas la peine d'être vécues, concéda-t-elle. Mais l'amour vrai n'enferme pas les gens. Il leur offre au contraire la liberté de vivre comme ils l'entendent.

Hésitante, elle pencha la tête et effleura ses lèvres d'un baiser. Dès que leurs bouches se rencontrèrent, elle sentit le pouls de Carlos s'accélérer.

Passant un bras autour de son cou, il l'attira à lui et l'embrassa avec passion. Elle s'abandonna à sa langue audacieuse, se pressant contre lui.

— Assez de paroles, murmura-t-il. Il y a de meilleures façons de s'exprimer…

Aussitôt, il se mit à parcourir sa peau de ses mains, à caresser chaque partie de son corps, réveillant ses sens, l'enflammant, attisant son douloureux désir.

Un désir d'une intensité que lui seul avait su allumer en elle. Un désir dont l'ardeur l'effrayait en même temps qu'elle l'excitait.

Elle voulait s'offrir une dernière fois à ce feu qui la consumait. Les problèmes attendraient demain. Ils y feraient face bien assez tôt.

Elle céda à ce brasier qui la submergea comme une lave incandescente, emportant toutes ses pensées. Plus rien d'autre n'avait d'importance que le plaisir qu'elle éprouvait avec cet homme qui était devenu tout pour elle, en l'espace de quelques mois seulement.

Demain serait un autre jour. Demain, elle lui redirait qu'elle ne pourrait pas l'épouser. Même si son cœur lui hurlerait le contraire…

Mais avant, ils partageraient ce dernier moment.

10.

« Cela n'arrivera pas… Parce que je refuse de t'épouser.

Nous n'avons rien en commun… »

Carlos talonna sa monture, s'enfonçant dans les prairies immenses qui s'ouvraient devant lui, pour s'éloigner de l'estancia. Il goûtait la rapidité avec laquelle le puissant alezan répondait à la moindre de ses sollicitations.

A une autre époque, il avait connu ses moments les plus heureux lors de chevauchées aux confins de ces étendues sauvages, avec ses bêtes pour seule compagnie.

Il pouvait alors parcourir des kilomètres sur son cheval, ivre du sentiment de liberté que lui inspiraient ces vastes terres. Ses sorties avaient la vertu de chasser les pensées qui l'oppressaient. Et lorsqu'il rentrait enfin à El Cielo, fourbu, il se sentait en paix avec lui-même et comme réconcilié avec le monde.

Il avait pris l'habitude d'évacuer ses problèmes ainsi dès son plus jeune âge.

Javier, à l'époque où il le croyait encore son grand-père, lui avait offert un poney en cadeau d'anniversaire. Le jour où il avait appris le décès de son père, il avait chevauché cette monture des heures durant.

Accablé de fatigue et de chagrin, il n'avait dû son retour qu'à son poney qui avait su retrouver le chemin de la demeure familiale.

Et, lorsqu'à l'âge de dix ans, sa mère lui avait annoncé par lettre qu'elle se remariait, le laissant définitivement à la garde de son grand-père, il était de nouveau parti confier sa tristesse à la nature.

En grandissant, il avait appris à apprécier ces moments de solitude.

Son grand-père et lui s'étaient assez bien entendus, même si le vieil homme avait toujours eu du mal à montrer son affection. Ils partageaient une passion pour les chevaux de polo, et cette passion commune avait créé un lien fort entre eux.

El Cielo avait fini par devenir son véritable foyer et le seul lien qui restait avec son père.

« Je n'aurais jamais connu ta véritable identité. C'était d'ailleurs ce que tu souhaitais, n'est-ce pas ? »

Les paroles de Martha lui revinrent à l'esprit. Qui était-il vraiment ? Ne le sachant plus lui-même, il n'aurait pas su quoi lui répondre.

D'ailleurs, n'était-ce pas la raison pour laquelle il était revenu au premier appel de Javier ? Il s'était montré assez stupide pour croire à une réconciliation sans se demander ce qui avait provoqué un tel revirement chez ce vieil homme obstiné.

Désormais, il le savait. Javier n'avait pas changé d'opinion. Il n'était pas revenu à de meilleurs sentiments à son égard. Il l'avait simplement appelé pour le mettre en face de ses responsabilités.

— *Maldita sea !* lança Carlos en direction de l'arc bleu du ciel.

Il voulait assumer ses responsabilités envers Martha et leur enfant. Prendre soin d'eux. S'assurer que le bébé ne grandirait pas comme lui, sans connaître son nom, privé de ses racines. Il voulait qu'il ait un père et une mère. Une famille…

Il n'avait qu'une vague idée de ce que signifiait vivre entouré d'une famille. Il n'en avait que d'informes souvenirs. Des souvenirs confus de l'époque durant laquelle il vivait ici avec celui qu'il avait cru être son père lui revenaient parfois à l'esprit. Il en gardait surtout le sentiment d'avoir été aimé et protégé.

C'est ce qu'il désirait apporter à son enfant. Martha et lui y parviendraient. Elle serait une mère merveilleuse, il n'en doutait pas un instant. Il pouvait le voir dans la patience et le soin avec lesquels elle s'occupait de Javier.

Mais elle avait refusé sa demande en mariage.

Nous n'avons rien en commun.

Comment osait-elle affirmer une chose pareille alors qu'ils passaient des nuits aussi intenses ? Des nuits où, durant de longues heures enflammées, ils partaient à la découverte l'un de l'autre, avides de découvrir de nouveaux plaisirs, d'échanger de nouvelles caresses.

Et ces moments où, après avoir atteint ensemble l'extase, épuisés, comblés et heureux, ils s'abandonnaient enfin aux eaux profondes et fraîches du sommeil sans desserrer leur étreinte.

Que dire aussi de ces instants où il s'éveillait et la trouvait endormie à son côté, dans la promesse de ce jour naissant, de cette vie qui s'offrait à eux ?

Comment pouvait-elle réduire tout cela à rien ?

Il ne s'agissait pas seulement de sexe. Il le savait désormais.

Il souhaitait passer du temps avec elle, parler et rire. Vivre.

Ce matin, il avait quitté la chambre alors qu'elle

dormait encore, et elle lui manquait déjà. Jamais auparavant, la solitude ne lui avait pesé durant ces excursions sur les terres de sa vaste propriété. Jusqu'à cette nuit où ils s'étaient rencontrés sur cette lande déserte, à des milliers de kilomètres d'ici.

Lorsqu'elle lui avait avoué qu'elle attendait un enfant de lui, il l'avait crue d'instinct, même si la nouvelle l'avait ébranlé.

Quelque chose en lui avait subitement fait surface. Quelque chose dont il n'avait pas eu conscience jusque-là et qui faisait écho au sentiment d'exclusion qu'il avait ressenti à son retour à El Cielo.

Le désir farouche d'avoir un foyer, une famille, un lieu d'appartenance.

« L'amour vrai n'enferme pas les gens. Il leur offre au contraire la liberté de vivre comme ils l'entendent. »

Avait-elle au fond d'elle le sentiment d'être prisonnière d'une relation avec lui à cause du bébé ? Pourtant, elle s'était offerte si entièrement à lui et avec une telle ardeur…

A moins qu'elle ne veuille dire que…

Pour la première fois depuis des années — peut-être pour la première fois depuis qu'il avait appris à monter à cheval —, il tira sur les rênes de sa monture, ramenant progressivement l'alezan au pas.

Quelque chose n'allait pas. Pour la première fois de toute sa vie, cette course à bride abattue ne suffisait pas à chasser ses ruminations.

Il ne pouvait fuir le vide qu'il portait en lui.

Un vide que seule la présence de Martha parvenait à combler.

Il fit faire demi-tour à son cheval, se dirigeant vers El Cielo dont les murs blancs, au loin, se découpaient sur le paysage montagneux.

Ce matin, avant de partir, il avait parlé à Javier et obtenu quelques réponses à ses questions.

Il ferait de même avec Martha, décida-t-il. Et ce qu'elle lui répondrait pourrait changer le cours de leur existence.

Javier s'étant retiré pour sa sieste matinale, Martha monta dans sa chambre et entreprit de faire sa valise. Son temps au ranch tirait à sa fin.

Le moment était venu pour elle de partir.

Elle avait rempli la tâche qu'elle s'était assignée en venant ici. Elle avait trouvé Carlos et lui avait annoncé qu'elle était enceinte de lui.

Avec un peu de chance, il souhaiterait faire partie de la vie de son enfant, même si elle refusait de l'épouser.

Elle n'avait pas échappé à un premier mariage sans amour pour commettre la même erreur. C'était hors de question.

Elle craignait trop de voir Carlos la haïr un jour. Il pensait peut-être que la venue du bébé suffisait à justifier leur union, mais sans amour, elle le savait, un mariage était voué à l'échec.

Même si, au fond d'elle-même, sa décision lui paraissait juste, elle appréhendait le moment où elle devrait l'annoncer à Carlos et essayer de le convaincre du bien-fondé de son départ.

Certes, elle redoutait sa colère et son incompréhension. Mais moins que ses mots doux, ses caresses et ses baisers affolants qui risquaient à tout moment de la faire changer d'avis.

Elle redressa les épaules. Elle devait se montrer

ferme. Si elle ne perdait pas de temps, elle serait prête à partir directement après lui avoir parlé.

Cela lui brisait le cœur, mais elle savait au fond d'elle-même qu'elle serait incapable de l'épouser et de vivre à ses côtés s'il ne l'aimait pas. Elle s'en sortirait toute seule, elle en était persuadée. La naissance de son enfant l'aiderait à aller de l'avant.

Elle rassemblait ses dernières affaires dans sa valise quand elle entendit la porte d'entrée s'ouvrir et se refermer au rez-de-chaussée.

— Martha !

La voix de Carlos résonna dans le hall.

Elle sursauta. Le moment tant redouté de la confrontation était arrivé. Mais après cette épreuve, elle pourrait enfin tourner la page, aborder son avenir la conscience tranquille et songer au bien-être de son bébé.

— Je suis à l'étage ! lança-t-elle à haute voix.

Le bruit de pas rapides dans l'escalier lui parvint comme le roulement de tambour annonçant une exécution. Ses mains se crispèrent sur la robe qu'elle s'apprêtait à ranger dans sa valise.

Un instant après, la porte s'ouvrit sur la silhouette imposante de Carlos.

En le voyant ainsi, les cheveux emmêlés, vêtu d'un simple T-shirt, d'un jean et d'une paire de vieilles bottes en cuir, elle ne songea pas à Carlos Ortega mais à Diablo.

L'homme qu'elle avait rencontré en Angleterre sur une route déserte balayée par la pluie, le jour où toute sa vie avait basculé.

Tout indiquait qu'il avait passé la matinée dehors à monter à cheval. Son visage frais brillait encore de la caresse du soleil.

Mais pas ses yeux.

Aucune chaleur, aucune lumière ne semblaient plus filtrer de ces verts abîmes. Elle n'y avait encore jamais lu pareille distance.

Qu'avait-elle pu dire qui l'ait mis dans cet état ?

— Tu aurais pu au moins frapper, lança-t-elle, les nerfs à vif.

— *Perdón*, répliqua-t-il, un sourire ironique aux lèvres avant de frapper trois fois la porte de son poing. C'est mieux ?

— C'est parfait, merci.

— Je pensais que nous avions dépassé ce genre de convenances…

— Nous avons couché ensemble. Cela ne te donne pas le droit de fouler aux pieds mon intimité, déclara-t-elle sur un ton qu'elle aurait aimé moins incisif.

Elle avait l'impression qu'ils étaient redevenus des étrangers l'un pour l'autre.

Son cœur se serra. Elle ne savait plus comment réagir face à lui, comment se comporter. Pourtant, elle devait lui annoncer son départ.

A cette idée, elle sentit des larmes brûlantes lui monter aux yeux. Mon Dieu, songea-t-elle. Jamais elle ne trouverait la force de le quitter…

Mais cet homme ne l'aimait pas, et elle s'était juré de ne pas se cramponner.

— Je t'ai demandée en mariage la nuit dernière.

— Cela n'avait rien d'une demande ! Dans mon souvenir, il s'agissait plutôt d'une affirmation. D'une décision unilatérale. « Nous nous marierons », voilà ce que tu as dit mot pour mot. Je ne me rappelle pas avoir eu voix au chapitre.

— C'est le choix le plus raisonnable qui s'offre à nous !

— Pour toi peut-être. Quant à moi, je ne crois pas qu'un mariage doive se fonder sur la raison.

— Tu sais très bien que ce n'est pas ma seule motivation ! explosa-t-il. Je veux faire partie de la vie de mon enfant !

Abasourdie, elle se figea. Elle ne l'avait encore jamais vu perdre le contrôle de lui-même.

— Bien sûr… nous pouvons en discuter.

— Nous allons le faire maintenant.

Décontenancée, elle serra de toutes ses forces la robe qu'elle tenait encore dans ses mains. Certes, elle s'était préparée à ce qu'ils parlent un jour de son droit de visite.

Mais la lueur menaçante qu'elle percevait dans ses yeux et ce ton qui n'admettait pas de réplique l'inquiétaient. Qu'avait-il en tête ? Allait-elle devoir se battre pour conserver la garde ?

— Tu pourras le voir dès que tu le souhaiteras… commença-t-elle.

Il secoua la tête.

— Je ne veux pas être un père à temps partiel, rétorqua-t-il. Je ne souhaite pas que mon enfant grandisse sans connaître réellement ses parents, comme ce fut le cas pour moi. C'est pourtant ce qui risque de se produire, avec toi en Angleterre et moi en Argentine. Il n'en est pas question. Je veux…

— Tu veux ! coupa Martha. Tu veux… Il n'est question que de toi. Parlons un peu de ce que moi, je veux ! J'ai grandi dans une famille monoparentale. Je sais ce que c'est. Et crois bien que si je pouvais éviter que mon enfant vive la même chose, je le ferais !

Elle regretta aussitôt ses paroles. Elle avait commis l'erreur de lui apporter un argument de poids.

— Il existe un moyen très simple de l'éviter.

Désemparée, elle reporta son attention sur la robe dont elle lissa les plis, avant de la poser sur la pile de vêtements qui attendait sur le lit.

— Il se pourrait que cela te semble facile, mais c'est loin d'être le cas pour moi, assura-t-elle les yeux baissés, redoutant son regard et sa colère.

— Qu'est-ce que tu entends par là ? Où est le problème ? Je ne comprends pas.

Pour masquer son désarroi, elle s'efforça de se concentrer sur les détails de la robe, fermant un bouton, passant sa main sur le col.

Il ne comprenait pas, et tout le problème était là. Elle avait besoin d'amour pour s'engager dans un mariage ; lui, non. Il considérait cet acte comme un arrangement légal — avec contrepartie sexuelle bien entendu — tandis qu'elle y voyait l'union de deux cœurs et de deux vies.

Ces opinions contradictoires créaient un fossé infranchissable entre eux.

— Ta réponse est-elle toujours la même ?

— Oui.

Quelle autre réponse pouvait-elle lui donner ?

Elle se redressa, levant le menton dans une attitude de défi, et planta ses yeux dans les siens, déterminée à ne pas laisser couler de larmes.

— Non… je ne peux pas… je ne t'épouserai pas. Cela ne fonctionnerait pas entre nous.

— Pourquoi ?

— S'il te plaît, ne me demande pas ça ! protesta-t-elle en sentant sa volonté faiblir.

S'il lui posait encore une fois cette question, elle n'y tiendrait plus et finirait par lui dire à quel point elle souhaitait être aimée de lui.

Mais elle ne le devait surtout pas. A aucun prix, elle

ne voulait lui donner l'impression d'être l'une de ces innocentes qui ont des étoiles qui brillent dans les yeux et rêvent du prince charmant et d'une fin heureuse.

— Je ne vais pas t'épouser. Mais je veux que tu fasses partie de la vie de notre enfant. Que tu sois présent pour lui ou elle, que tu te comportes comme un vrai père et que tu l'aimes. C'est tout ce que je te demande.

Elle lui offrait sans discuter la chance d'être à la fois un père et un homme libre.

N'était-ce pas ce qu'il souhaitait plus que tout ?

Alors pourquoi gardait-il le silence ? Pourquoi son long corps semblait-il contracté dans une attitude de rejet ?

Elle esquissa un pas dans sa direction, puis s'immobilisa sous son regard glacial, les bras vainement tendus pour l'étreindre.

— C'est *tout* ce que tu demandes ? répéta-t-il avec une sorte d'ironie dans la voix qui sonnait comme un reproche.

— Oui. Rien de plus.

— Et tu te sens prête à te débrouiller toute seule ? Je pourrais… Tu n'as même pas de travail, ni de maison. Tu vas avoir besoin d'aide.

— Je m'en sortirai.

— Permets-moi au moins de t'apporter un soutien financier.

Elle secoua la tête.

— Non, Carlos. Je ne te demande rien. J'ai tout l'argent qu'il me faut. Bien plus que je ne pourrais jamais en dépenser.

11.

— Tu as… commença Carlos abasourdi.

En voyant son visage stupéfait, Martha sentit ses jambes se dérober sous elle, et elle dut s'asseoir sur le lit pour ne pas s'effondrer.

A quoi s'était-elle attendue ? Comment avait-elle pu penser un instant que la consternation que suscitait chez lui son refus de l'épouser relevait d'autre chose que de simples considérations matérielles ? De sa volonté de lui apporter un soutien financier ?

Etait-elle devenue assez stupide pour penser — espérer, même ! — qu'il avait été sur le point de lui déclarer son amour ?

— J'ai gagné un peu plus de sept millions de livres sterling à la loterie, expliqua-t-elle en luttant contre la nausée qui la gagnait. L'ayant appris, Gavin s'est empressé de me demander en mariage. Mais à l'époque, j'ignorais encore ses réelles motivations ; je croyais sincèrement qu'il m'aimait. Je n'ai pris réellement conscience de la vérité que le matin du mariage…

— Lorsque tu l'as surpris au lit avec ta demoiselle d'honneur.

Il se souvenait à quel point elle avait semblé bouleversée quand elle lui avait confié cette trahison sur le bord de la route. A quel point la douleur avait voilé ses grands yeux gris.

Sa vulnérabilité, sa souffrance l'avaient touché.

A ce moment-là, elle avait ouvert une brèche en lui, une brèche qu'il n'avait pas su refermer. Puis ils avaient couché ensemble…

— Tu es riche ?

Il ne parvenait pas à se faire à cette idée. Lorsqu'il avait compris qu'elle ne serait pas sa femme, qu'elle ne porterait pas son nom et ne vivrait pas à ses côtés, qu'en définitive elle ne souhaitait rien de ce qu'il lui offrait, il lui avait proposé de l'argent en dernier ressort.

Quelque chose qui, bien que platement matériel, viendrait de lui et lui profiterait à elle directement, lui rendrait la vie plus facile.

Mais si elle possédait une telle fortune, il ne s'avérait plus d'aucune utilité pour elle. Elle pouvait se débrouiller sans lui. Or, quelque part au fond de son cœur, il souhaitait ardemment qu'elle ait besoin de lui.

Besoin de lui tout autant qu'il avait besoin d'elle.

— Ce qui signifie que tu es venue jusqu'ici dans le seul but de…

— Croyais-tu réellement que j'en avais après ton argent ou après El Cielo ? interrogea-t-elle sans parvenir à dissimuler son trouble.

Carlos se sentit à la fois honteux et confus. Comme il méritait son mépris ! Il devait lui dire à quel point il regrettait.

— Je me suis montré assez idiot pour le croire, en effet. J'aurais dû me rendre compte qu'une femme qui laisse une liasse de billets à un voyageur qu'elle imagine sans le sou n'a rien d'une croqueuse de diamants. En pensant de la sorte, je t'ai manqué de respect. J'en suis navré Martha. Je te présente mes sincères excuses.

Ses paroles la touchèrent.

— Je les accepte. Bien, maintenant que nous avons dissipé tout malentendu… commença-t-elle en se levant brusquement.

Il sursauta, électrisé par la fière ondulation de ses seins. A son arrivée à El Cielo, il avait immédiatement remarqué sa poitrine alourdie. Comment n'avait-il pas tout de suite songé à une grossesse ?

Tout simplement parce que la présence de Martha au ranch l'avait ébranlé, autant par son caractère imprévu que par la place qu'elle occupait aux côtés de Javier.

Par jalousie, il en était même venu à penser qu'elle voulait abuser du vieil homme.

Tandis qu'elle se baissait pour ramasser un vêtement tombé au sol, il considéra la courbe sensuelle de ses hanches généreuses et de ses fesses rondes.

Il réprima un brusque accès de désir, surpris par la violence de sa réaction. Il devait garder le contrôle de lui-même. Hier soir, il avait laissé libre cours à son ardeur, et cela ne les avait menés nulle part.

— … je dois partir, continua-t-elle.

— Partir ? Il n'en est pas question !

Elle leva vers lui un regard où se mêlaient incrédulité et désapprobation. A cet instant, il remarqua la valise ouverte à côté des piles de vêtements entassées sur le lit.

Elle était déjà sur le départ.

Elle n'avait pas menti en affirmant qu'elle n'avait pas besoin de lui. Mais cela ne changeait rien au fait qu'il avait terriblement besoin d'elle.

— Je t'en prie, Carlos, qu'avons-nous d'autre à nous dire ?

Pris de court, il hésita. Il devait bien y avoir quelque chose qui pouvait la convaincre de rester.

— J'ai parlé à mon grand-père. Il est revenu sur sa décision et souhaite que je dirige El Cielo.

Il vit tour à tour la surprise et la joie se peindre sur les traits délicats de son visage.

Puis ses immenses yeux gris s'illuminèrent au-dessus d'un large sourire.

— Oh ! c'est merveilleux ! Cela signifie qu'il regrette de t'avoir chassé et qu'il te considère de nouveau comme son petit-fils, n'est-ce pas ?

Il secoua la tête.

— Non. Javier considère simplement que je suis le mieux placé pour m'occuper du ranch. Je suis doué avec les chevaux et je connais El Cielo comme ma poche. Il pense que je pourrais faire prospérer l'entreprise et lui apporter de juteux bénéfices.

Le sourire de Martha s'estompa, et ses lèvres pleines se froncèrent dans une moue mélancolique.

Il résista à l'irrépressible envie de la prendre dans ses bras et de plaquer sa bouche contre la sienne.

Le moment ne s'y prêtait pas.

Mais l'occasion se présenterait-elle de nouveau un jour ? Dire qu'ils n'avaient passé que quelques heures ensemble et qu'il était sur le point de la perdre. Il avait à peine eu le temps de prendre conscience qu'elle attendait son enfant…

Son regard se porta sur son ventre légèrement arrondi. Quelque part à l'intérieur, son enfant grandissait. Le besoin d'être père s'imposait aujourd'hui à lui avec une force et une évidence qu'il ne pouvait plus nier.

Il savait à présent que, plus que toute autre chose, il souhaitait créer une famille. La famille qui lui avait toujours manqué. La tête lui tourna presque quand il pensa que ce bonheur était à portée de main.

Mais les paroles de Javier lui revinrent à la mémoire,

lui faisant l'effet d'une douche froide. Le vieil homme avait assorti son offre de conditions qu'il ne pourrait jamais accepter.

Pas s'il souhaitait fonder une famille, une vraie famille aux côtés de Martha et du bébé.

— J'ai refusé ! déclara-t-il d'une voix ferme.

— Pourquoi ? interrogea Martha avec stupeur.

— Parce que Javier ne consent à me céder El Cielo qu'à la condition que je me marie avec toi, dit-il d'une voix claire en soupesant chacun de ses mots. Mais si j'accepte son offre, tu refuseras de croire aux vraies raisons qui me poussent à te demander en mariage. Et je compte bien renouveler ma demande, encore et encore, jusqu'à ce que tu finisses par accepter.

— Et quelles sont ces raisons ? demanda-t-elle d'une voix troublée par l'émotion.

— Ta rencontre a transformé ma vie. Grâce à toi, je regarde vers l'avenir au lieu de chercher à fuir simplement le passé. Tu m'as révélé à moi-même, et tu m'as permis de me reconstruire une identité alors que je pensais l'avoir irrémédiablement perdue. Je sais qui je suis à présent : je suis le père de mon enfant, de notre enfant, et je fais partie d'une vraie famille.

Bouleversée, elle ne put retenir ses larmes.

— Sais-tu combien de Mlle Jones vivent en Grande-Bretagne ? demanda-t-il avec un rire embarrassé.

— Pourquoi ? M'aurais-tu cherchée ?

Elle ne pouvait y croire, mais elle ne voyait pas d'autres explications.

— Je ne souhaitais pas que nous nous quittions ainsi. Comme je m'en voulais d'être parti, ce soir-là, à l'hôtel ! Comme j'ai regretté de n'être pas resté, de n'avoir pas pris le temps de discuter avec toi, de te parler du préservatif qui avait rompu… Au lieu de cela, j'avais cédé à un moment de panique. J'étais terriblement furieux contre moi-même, furieux de ne pas avoir pu te résister. Je m'étais senti comme envoûté. J'avais honte de mon comportement, honte de ma faiblesse, honte de t'avoir laissée seule en espérant naïvement que tu m'aurais attendu. Si tu savais comme je m'en suis voulu quand je ne t'ai pas trouvée dans la chambre à mon retour…

D'un geste brusque, il passa ses deux mains dans ses longs cheveux noirs pour les écarter de son visage.

Sur ses traits virils, elle lut l'expression de la sincérité la plus absolue.

— Je regrette que tu ne sois pas restée.

— Je voulais rester, confia-t-elle d'une voix incertaine. Mais je n'ai surtout pas voulu être comme toutes ces autres femmes et me cramponner.

Il sourit, et son sourire dissipa les tensions et les doutes qui contractaient son visage depuis qu'il était entré dans la chambre.

— Bon sang ! Et l'idée ne t'a pas effleurée un instant que je souhaitais justement que tu te cramponnes ? Que, si tu étais restée, nous aurions pu parler et peut-être commencer quelque chose ensemble ? Mais j'ai retrouvé une chambre vide, une robe en lambeaux et une liasse de billets. Et tout ce que j'ai entrepris par la suite ne m'a pas permis de te retrouver.

— Tu… tu es parti à ma recherche ?

— Je suis retourné sur la route où nous nous sommes rencontrés. Je savais que tu avais organisé ton mariage dans les environs. Je me suis alors présenté au manoir que j'avais aperçu à quelques kilomètres, et j'ai fini par obtenir ton adresse. Mais entretemps, tu avais déjà déménagé.

Elle n'en croyait pas ses oreilles.

— Nous nous sommes rencontrés à un moment de ma vie où je tentais de fuir, reprit-il, fuir des choses que j'avais peur d'affronter. Tu m'as donné l'envie de m'arrêter. A tes côtés, plus aucun de mes problèmes ne semblait avoir d'importance. A tes côtés, je n'étais plus que ce voyageur assumant son maigre bagage. A tes côtés, je me suis senti moi-même pour la première fois.

— Tu as essayé de me retrouver ?

C'était incroyable. Dire qu'elle avait cru si longtemps qu'il ne voulait pas d'elle dans sa vie…

— Carlos…, dit-elle d'une voix étranglée.

Elle avait l'impression de vivre un rêve. Tout cela était-il réellement en train d'arriver ?

— Je veux vivre avec toi, Martha. Je le souhaite depuis le premier instant. Lorsque je t'ai aperçue sur le bord de la route en Angleterre, quelque chose s'est passé en moi et m'a bouleversé. Il m'a fallu du temps pour comprendre que j'étais en fait tombé amoureux de toi. Mais quand j'ai finalement pris conscience de mes sentiments, j'ai eu peur que tu décides de te marier avec moi pour le seul bien du bébé. Et non parce que tu le désirais. Je voulais qu'aucune contrainte ne pèse sur ton choix. J'avais besoin d'être sûr que tu accepterais de m'épouser pour les mêmes raisons que celles qui me poussaient à t'en faire la demande.

— C'est le cas.

Le souffle coupé, il leva la tête.

Ses yeux verts paraissaient à présent si grands et si profonds qu'elle eut l'impression de pouvoir s'y perdre.

— Je veux vivre avec toi, Carlos, répondit-elle. Et pas seulement à cause du bébé. Je te veux, toi. Et j'espère que le fait que j'aie de l'argent — que je n'aie pas besoin de ton soutien financier — suffit à te convaincre que c'est bien *toi* que je veux. L'homme que tu es, celui que tu as été, le voyageur qui m'est apparu sur cette route sous la pluie avec ce qu'il avait sur lui pour tout bien au monde…

Il la prit dans ses bras. Il plaqua sa bouche contre la sienne, chassant tout doute, distillant l'espoir, lui témoignant l'amour qu'il s'était efforcé d'exprimer en mots.

Nouant ses bras autour de son cou, elle répondit à son baiser de tout son être, de tout son cœur, et avec tout son amour. Puis elle prit son visage en coupe dans ses mains, contemplant un moment ses yeux brillants.

— J'ai pris conscience de ce qui comptait réellement pour moi quand Javier m'a posé ses conditions, expliqua encore Carlos. J'en ai été tellement scandalisé que j'ai refusé sur-le-champ. A cet instant, j'ai compris que tout ce que tu m'avais appris était vrai.

— Tout ce que *je* t'ai appris ? répéta-t-elle, stupéfaite.

Elle n'aurait jamais imaginé avoir la moindre influence sur cet homme.

— Oui. Tu m'as permis de comprendre qu'une famille ne repose pas sur le lien du sang ou sur le nom. Qu'une famille ne se construit pas sur ce que l'on possède ou ce dont on hérite. Tu m'as appris qu'une famille se bâtit sur l'amour. Et l'amour s'accorde sans termes ni conditions. Javier ne peut pas acheter mon amour. Et je n'ai pas besoin de posséder l'estancia ou quoi que ce soit d'autre pour que tu m'aimes. Parce que je vous aime, mademoiselle Jones, je vous aime de tout mon être. Et je désire t'épouser parce que je t'aime, pas pour obtenir El Cielo.

— Ne juge pas Javier trop sévèrement, suggéra-t-elle d'une voix douce. C'est peut-être sa façon de faire la paix avec toi.

— Je sais. Il a peut-être fini par comprendre à son

tour que les liens de l'amour sont plus forts et plus précieux que ceux du sang. Mais je refuse d'accepter son offre si tu as le moindre doute à propos de mes sentiments.

— Rien ne peut plus me faire douter désormais, assura-t-elle. Je veux t'épouser, Carlos. Et je suis convaincue que tu m'épouseras pour les bonnes raisons. Parce que tu m'aimes.

Comment pourrait-elle encore douter de lui, alors qu'il était prêt à abandonner ce qui avait tant compté pour lui toutes ces années, et dont la perte l'avait jeté sur cette route froide, humide et solitaire où ils s'étaient rencontrés ?

— La vraie richesse ne se mesure pas à l'argent ou aux terres, ajouta-t-il en couvrant son visage de mille baisers affolants. La vraie richesse, c'est que nous puissions vivre ensemble toi, moi et le bébé. El Cielo est peut-être le paradis sur terre, mais je ne l'achèterai pas à ce prix-là. Sans toi, je ne suis plus personne.

— Nous allons fonder notre famille et notre foyer, et nous les remplirons d'amour. Nous aurons le monde entier pour nous.

Avec tendresse, elle prit ses mains dans les siennes et les posa sur son ventre. La joie et l'émerveillement inondèrent le visage de son futur époux.

— Tout ce qui compte vraiment est là, mon amour. C'est la graine à partir de laquelle nous créerons notre paradis.

collection Azur

Ne manquez pas, dès le 1er octobre

***LE DÉFI D'UN SÉDUCTEUR**, Michelle Reid* • *N°3281*

Lorsqu'elle arrive à Livourne, Lexie a la sensation oppressante de replonger dans le passé. Dans quelques instants, elle va revoir Francesco Tolle, son mari qu'elle n'a pas vu depuis plus de trois ans. Si aujourd'hui, elle a accepté de revenir dans cette ville qui lui rappelle de cruels souvenirs, c'est parce que Francesco, victime d'un grave accident, la réclame à son chevet. À sa grande surprise, ce dernier lui annonce qu'il n'a finalement aucune intention de divorcer et exige qu'elle reste désormais à ses côtés. Furieuse qu'il ose lui demander cela, mais inquiète à cause de son état de santé, Lexie ne peut qu'accepter...

***LE PLAY-BOY DE NOB HILL**, Jennie Lucas* • *N°3282*

Play-boy & Milliardaire

Lorsque Alessandro Caetani, son patron, lui demande de l'accompagner à un bal de charité, Liley tombe des nues. Elle, au bras de ce séduisant milliardaire dont on ne compte plus les conquêtes ? D'abord effarée, et certaine qu'il se moque d'elle, Lilley refuse. Avant d'accepter. D'abord pour donner une bonne leçon à ceux qui lui ont fait du mal. Et parce que le regard que le prince pose sur elle la fait frissonner, même si elle sait qu'il l'oubliera dès le bal terminé...

***POUR L'AMOUR D'UN MILLIARDAIRE**, Cathy Williams* • *N°3283*

A l'idée d'organiser un mariage de la haute société londonienne, Ellie est aux anges. Voilà qui donnera un coup d'accélérateur à sa carrière débutante ! Et tant pis si la future mariée est une héritière un brin capricieuse et égocentrique. Mais quand elle découvre *qui* cette dernière doit épouser, Ellie sent la panique l'envahir. Car le futur marié n'est autre qu'Angelo Falcone, celui qu'elle a passionnément aimé trois ans plus tôt, mais qu'elle a dû quitter sans pouvoir lui expliquer les raisons de sa fuite. Aussitôt, une question la frappe de plein fouet : comment organiser les noces d'un homme qu'on aime encore, et qui vous hait ?

A LA MERCI DU DÉSIR, *Christina Hollis* • *N°3284*

Coup de foudre au bureau

Lorsqu'elle arrive à Venise, Beth ressent une exaltation mêlée d'appréhension. Car la beauté de la ville ne peut lui faire oublier que dans quelques heures, elle va pénétrer dans les bureaux de l'homme qu'elle a follement aimé six ans plus tôt, Luca Francesco. Luca, qu'elle a quitté en comprenant qu'il ne s'engagerait jamais auprès d'elle, mais qu'elle n'a jamais pu oublier. En le revoyant, ressentira-t-elle le même désir qu'autrefois ? Et si c'est le cas, comme elle le redoute, comment pourra-t-elle travailler avec lui, et affronter l'hostilité qu'il ne manquera pas de lui témoigner ?

LE DESTIN DES PARENTI, *Penny Jordan* • *N°3285*

Quand Giselle découvre le visage de son nouveau patron, elle a l'impression que le ciel lui tombe sur la tête. Car Saul Parenti, qui vient de racheter le cabinet d'architectes où elle travaille, n'est autre que l'inconnu avec lequel elle vient d'avoir une altercation, quelques minutes plus tôt, dans le parking de l'immeuble ! Aussi, quand Saul lui annonce qu'elle devra désormais travailler directement avec lui pour mener à bien un projet d'envergure, Giselle comprend qu'elle va devoir tout faire pour lui prouver qu'elle est à la hauteur, mais aussi pour lui cacher la folle attirance qu'il lui inspire...

Volume Exceptionnel
2 romans inédits

UN ÉTÉ DANS SES BRAS, *Elizabeth Power* • *N°3286*

Jamais Sienna n'aurait pensé revoir Conan Ryder, le frère de son mari décédé. Comment aurait-elle pu imaginer que cet homme sombre et impitoyable chercherait à la retrouver, alors qu'il l'a toujours détestée ? Mais bientôt, sous le choc, Sienna comprend les raisons de cette surprenante visite : Conan exige qu'elle et sa petite Daisy, âgée de quatre ans, viennent s'installer pour l'été dans la villa familiale, sur la côte d'Azur. Une exigence à laquelle elle n'a hélas guère les moyens de se dérober. Si elle refuse, Conan ne risque-t-il pas de tout entreprendre pour obtenir que la fillette vienne définitivement vivre dans sa famille paternelle ?

UN AMANT SICILIEN, Sandra Marton • *N°3287*

- La saga des Orsini - ANNA

Lorsque son père, Cesare Orsini, fait appel à ses talents d'avocate pour l'aider à récupérer une terre en Sicile qui aurait jadis appartenu à leur famille, Anna croit d'abord à une plaisanterie. Mais devant l'air grave et sérieux du vieil homme, Anna finit par céder. Finalement, n'est-ce pas le moyen d'en apprendre davantage sur ses origines ? Mais face à l'actuel propriétaire du domaine — un prince italien —, Anna comprend que cette affaire va être beaucoup plus complexe qu'elle ne le croyait. Car si Draco Valenti est arrogant, sûr de lui, insupportable, il est aussi incroyablement beau, séduisant, irrésistible...

L'HÉRITIER REBELLE, Lynn Raye Harris • *N°3288*

- Bad Blood - 5ème PARTIE

En entrant dans un casino de Nice, Jack croise le regard d'une employée, une jeune femme ravissante qui fait aussitôt naître en lui un désir brûlant. Et quand il se rend compte que la belle Cara Taylor, accusée à tort par son patron d'avoir voulu le voler, pourrait être en danger, il n'a plus qu'une idée : l'emmener loin d'ici pour la protéger. Et puisqu'elle se retrouve désormais sans travail, pourquoi ne pas lui proposer de la rémunérer pour l'accompagner en Angleterre, où il doit assister au mariage de son frère ? Une occasion qui pourrait lui permettre de montrer à Cara à quel point il la désire…

Attention, numérotation des livres pour le Canada différente : numéros 1757 à 1762

Best-Sellers n°528 • thriller

Jusqu'au bout du mal - Michelle Gagnon

A peine remise d'une grave blessure et déterminée à retrouver sa confiance en elle après avoir frôlé la mort, l'agent spécial Kelly Jones refuse l'idée de ne pas reprendre le travail sur le terrain. Aussi décide-t-elle envers et contre tout d'accompagner Jake Riley, son fiancé, ainsi que son équipe d'élite, pour d'une périlleuse mission de libération d'otage. Une mission qui la conduit dans les bas-fonds de Mexico. Mais malgré son courage, Kelly redoute secrètement de ne plus être à la hauteur. C'est alors que dans les bidonvilles de Mexico, elle retrouve l'homme qu'elle recherche depuis des années. Un tueur machiavélique qui semble désormais mettre en scène un effroyable rituel macabre en choisissant ses victimes, des enfants, dans la frange la plus pauvre de la société. Horrifiée et décidée à saisir cette ultime chance de faire ses preuves, Kelly se sépare momentanément de Jake et de son équipe pour se lancer seule dans une mission plus périlleuse que jamais…

Best-Sellers n°529 • thriller

Noire était la nuit - Lisa Jackson

Le jour de son quinzième anniversaire, à La Nouvelle-Orléans, Abby Chastain a vu sa mère se jeter par la fenêtre de l'hôpital psychiatrique Notre-Dame-des-Vertus où celle-ci vivait enfermée, victime d'hallucinations. Et personne n'a jamais su quelle terrifiante vision avait bien pu pousser Faith Chastain à commettre l'irréparable. Vingt ans plus tard, Abby est encore hantée par le souvenir de cette tragédie. L'hôpital, désormais abandonné, est promis à la destruction. Mais Abby pressent qu'il n'a pas révélé tous ses secrets. Et, lorsque des meurtres en série sont commis, elle comprend que les démons du passé sont en train de se réveiller : toutes les victimes ont un lien avec elle, ou avec l'hôpital. A commencer par son ex-mari, sauvagement assassiné. Un lien secret que l'inspecteur Montoya va devoir comprendre pour empêcher le dangereux psychopathe de poursuivre sa série macabre. Mais le tueur, lui, a d'autres plans…

Best-Sellers n°530 • thriller

Elles étaient si jolies - Andrea Ellison

Quand le lieutenant de la brigade des homicides de Nashville, Taylor Jackson, découvre la scène de crime qui l'attend au bord d'une autoroute par une étouffante journée d'été, elle reconnait instantanément la signature de l'Etrangleur du Sud : une victime jeune, jolie, et des indices macabres qui ne laissent aucun doute sur l'identité du meurtrier. Profondément choquée par cette effroyable mise en scène, Taylor est prête à tout pour arrêter l'assassin, avec l'aide de son amant Jack Baldwin, un célèbre profiler du FBI. Car elle ne s'est pas dévouée corps et âme à ce métier pour se laisser manipuler par un tueur psychopathe qui la provoque en laissant derrière lui des poèmes. Des poèmes qui vont la mener dans les beaux quartiers de Nashville qu'elle connaît bien, là où les secrets sont si bien préservés au nom des apparences.

Best-Sellers n°531 • suspense

Noire révélation - Brenda Novak

Madeline, rédactrice en chef du journal de Stillwater, n'avait que 16 ans lorsque son père, le respectable Révérend Barker, a mystérieusement disparu de la petite ville. Vingt ans ont passé depuis, et tout le monde, y compris sa belle-mère et son demi-frère, lui conseille d'oublier ces douloureux souvenirs. Mais un hasard vient bouleverser leur existence et raviver le drame : la voiture de Barker est retrouvée au fond d'une carrière abandonnée. Contre l'avis de tous, Madeline engage Hunter Solozano, un détective privé, pour l'aider à remonter cette piste. Mais de sulfureux indices sont retrouvés dans la voiture de Barker, qui laissent Madeline perplexe. Et sa propre famille, au lieu de lui venir en aide, se mure dans le silence et cherche à la détourner de son enquête. Comme si tous étaient complices d'un passé trouble, soigneusement caché à Madeline ces vingt dernières années. Comme si le démon qui s'était emparé de la ville vingt ans plus tôt était sur le point refaire surface…

Best-Sellers n°532 • historique

Le secret d'Elysse - Brenda Joyce

Irlande, 1839

Si Elysse De Varenne occupe une place d'honneur dans la haute société irlandaise, elle n'ignore pas les cruelles rumeurs qui circulent sur son mariage. Des rumeurs qu'elles s'efforcent de démentir par tous les moyens. Pas question d'admettre qu'elle n'a pas vu son époux depuis le jour où ils ont échangé leurs vœux, et encore moins que leur union n'a jamais été consommée ! Car on ne tarderait pas alors à découvrir le scandaleux secret qui a poussé le ténébreux Alexi De Varenne à l'épouser six ans plus tôt… Hélas, son personnage de parfaite épouse vole en éclats lorsqu'après six ans d'absence, Alexi décide de rentrer en Angleterre. En effet, comment continuer à faire croire en leur mariage quand l'irrésistible Alexi refuse de lui adresser la parole ?

Best-Sellers n°533 • historique

Le mystérieux fiancé - Shannon Drake

19ème siècle, Londres.

Sous la protection des Carlyle depuis son enfance, Ally a grandi dans un havre de paix, loin des troubles qui agitent le royaume. Et si cette existence dorée a des inconvénients – comme celui d'être promise à un inconnu –, Ally a bien conscience que ses origines modestes auraient pu la conduire à un sort moins enviable. Aussi est-ce résignée qu'elle se rend au bal qui officialisera ses fiançailles avec Mark Farrow, l'époux que son parrain lui a choisi. Mais alors qu'elle est en chemin, sa voiture est attaquée par un ténébreux bandit. L'homme, aussi inquiétant que séduisant, fait aussitôt naître en elle un désir implacable. Un désir qu'elle s'efforce de réprimer pour lui tenir tête : comment ose-t-il s'en prendre à elle, Alexandra Grayson, pupille du puissant comte de Carlyle ? Son argument, elle le sait, est peu convaincant… Pourtant, contre toute attente, l'homme la libère dès qu'il apprend son nom, visiblement bouleversé par sa découverte…

Composé et édité par les

éditions HARLEQUIN

Achevé d'imprimer en août 2012

BRODARD & TAUPIN

La Flèche
Dépôt légal : septembre 2012
N° d'imprimeur : 69220

Imprimé en France